西邻照影

沈东子 著

天津出版传媒集团

百花文艺出版社

图书在版编目（CIP）数据

西邻照影 / 沈东子著. -- 天津：百花文艺出版社，2022.2
ISBN 978-7-5306-8149-7

Ⅰ.①西… Ⅱ.①沈… Ⅲ.①散文集–中国–当代
Ⅳ.①I267

中国版本图书馆 CIP 数据核字(2022)第 026018 号

西邻照影
XI LIN ZHAO YING
沈东子 著

出 版 人：薛印胜
选题策划：汪惠仁　责任编辑：张　雪
特约编辑：张子瑶　装帧设计：郭亚红
出版发行：百花文艺出版社
地址：天津市和平区西康路 35 号　邮编：300051
电话传真：+86-22-23332651（发行部）
　　　　　+86-22-23332656（总编室）
　　　　　+86-22-23332478（邮购部）
网址：http://www.baihuawenyi.com
印刷：天津新华印务有限公司
开本：787×1092 毫米　1/32
字数：174 千字
印张：9.875
版次：2022 年 2 月第 1 版
印次：2022 年 2 月第 1 次印刷
定价：58.00 元

如有印装质量问题，请与天津新华印务有限公司联系调换
地址：天津东丽开发区五经路 23 号
电话：(022)58160306　邮编：300300

目 录

远离波士顿的地方

伊迪丝二十三岁那年,嫁给了波士顿人爱德华·华顿,成为伊迪丝·华顿(Edith Wharton, 1862—1937)。华顿先生家境富有,喜欢运动和旅游,是位典型的绅士。伊迪丝起先还蛮适应这桩婚事,但随着时间的推移,她开始感到烦躁,渐渐觉得先生虽然人好,但感情不够细腻,经常忽略她的感受,于是两人渐起龃龉。为了挽救婚姻,华顿先生携妻移居巴黎,他知道伊迪丝喜欢文学,巴黎会更合她的口味。

华顿在巴黎近郊购置了一套豪宅,也即著名的科隆贝别墅,供伊迪丝与巴黎的文人骚客品茶论道,自己则依然四处游历。伊迪丝确实喜欢巴黎,这里的文学氛围比美国强多了。仅就文学而言,美国更像是乡下,斯坦因夫人、亨利·詹姆斯、菲茨杰拉德、海明威都纷纷渡海前来,寻找文学感觉。她结识了一大群逗留巴黎的美国老乡,其中一人叫莫顿·富勒顿,富勒顿不仅是美国人,而且还是波士顿人,自然很容易找到共同语言。在远离波士顿的地方谈论波士顿,那感觉就像吃上了地道的家乡菜。

还有呢，两人都喜欢文学，这一点也很要命。富勒顿是《时代周刊》驻法国记者，写过几本书，但影响不算大。1906年夏天的一个下午，在亨利·詹姆斯的引荐下，富勒顿来到科隆贝别墅，认识了女主人伊迪丝。这个谈吐优雅的帅哥立刻迷住了她，他长着蓝眼睛，留着小胡子，对巴黎社交界的掌故娓娓道来，听说她想出版小说《快乐之家》法文版，马上帮她联系译者和出版社。如此迷人又如此殷勤，岂能不赢得伊迪丝的芳心？

接下来的日子，伊迪丝坦言"终于尝到人生美酒"。富勒顿开车带她巡游巴黎四周的乡野景色，玩累了就夜宿小酒店，次日醒来继续出游。在这段激情洋溢的日子里，她甚至写了小说《贝特丽丝·帕莫托》。不过好景不长，她视对方为爱情归宿，对方却只把她当爱情玩物，她发现富勒顿恋人多多，甚至与侄女发生不伦恋。可是她太迷恋富勒顿了，经过一番内心纠结，非但原谅了他，还试图赢回他的心。

为了富勒顿，她真的很拼。对方说做新闻做腻了，想换个工作，她立马帮他联系去出版社，还鼓励他写本介绍巴黎的书。富勒顿遭到女演员阿德尔的勒索，说要是不拿出多少多少钱，就公布他的同性恋证据，她二话不说，用自己的版税为他付赎金。然而这一切都无济于事，该分手还得分手。徒劳挣扎了三年，她终于放手了，对富勒顿只有一个请求，

伊迪丝·华顿

将她过往的情书全部烧掉,以保全自己那点可怜的名声,她毕竟是华顿夫人。

那些情书太火热了,富勒顿哪舍得点火烧掉。1952 年,他去世后,情书由后人代管,1988 年,也就是伊迪丝去世五十年后,情书得以结集出版,世人终于看到了一个真实的伊迪丝·华顿。伊迪丝没有辜负这段情,十年后写出了《纯真年代》,算是给自己一个交代,并因此成为第一位获普利策奖的女作家。当然,最让人同情的是华顿先生,他与伊迪丝五年后离婚,后在旅途中病逝。

隔代

伊迪丝·华顿以小说《纯真年代》获 1921 年普利策奖，这本书奠定了她在文学界的地位，被誉为 20 世纪 20 年代的"文学圣母"。许多文学青年都以能结识她为荣，这当中就有菲茨杰拉德（F.Scott Fitzgerald，1896—1940）。据说他第一次见到华顿，是在纽约出版商斯克里博纳的办公室里，他有事找斯克里博纳，听说华顿在屋内，便不顾劝阻推门进去，一下匍匐在她脚下，以表达自己无限景仰之情。这一幕惊呆了不少人。

那是 1922 年的事了，那时候菲茨杰拉德在妻子泽尔达的催迫下，正苦苦追寻出人头地的梦想。到了 1925 年，华顿游历欧洲多年，选择在巴黎近郊住下来，其豪宅科隆贝别墅成为文学圈的聚会场所。这年夏天，菲茨杰拉德出版了《了不起的盖茨比》，终于一炮走红名满天下，成为当红作家。他来到巴黎，给华顿寄了一本样书，说是请教，其实是炫耀。华顿回函，先是恭维一番，然后忍不住提了点建议，说如果把盖茨比的身世交代得多一点的话，读者对他的命运会有更深切的理解。她同时欢迎他携妻来喝下午茶。

菲茨杰拉德的自尊心很强，同时又野心勃勃，他当年对华顿恭顺有加，并不是钦佩她的写作，而只是敬畏其社会地位，希望在通往功名的路途上寻一处庇护。暗地里他曾嘲讽华顿的写作"如同挥舞石器时代的斧子在卖弄"。如今菲茨杰拉德已功成名就，自然不会再对谁五体投地了。不过名人的邀请还是要去的，何况是去巴黎近郊的大宅子。他把这件事告诉泽尔达，不料她断然拒绝，理由是不想去做陪衬，被人视作"外省人"。

1925 年 7 月 5 日，菲茨杰拉德如约来到科隆贝别墅。为了壮胆，他在半路上喝了一点酒。这别墅绿树成荫，环境幽雅，如同简·奥斯汀笔下的花园，华顿则一身华服，如同雍容的贵妇。泽尔达是对的，在这样的氛围里，只有非常非常富有的女人才会感到自在。虽说菲氏夫妇如今也不缺钱，但美国新秀在侨居欧洲多年的华顿面前，总还是缺少一点底气。两人的这次见面，从一开始就显得别扭，居然找不到聊天的话题，菲氏太紧张，而华顿也过于矜持。那年菲氏二十八岁，华顿已经年满六十三岁，有隔代的距离。

为了活跃气氛，菲氏说起了一个粗俗的故事，说一对新婚的美国年轻夫妇，第一次出远门，去巴黎度蜜月，找到一个地方歇下来，以为是旅馆，住了三天才发现那儿是妓院。

菲茨杰拉德

说完哈哈大笑，自己觉得很有趣。菲茨杰拉德大概忘了，此时华顿已离婚十几年，正过着独居的日子。华顿给他斟满茶水，冷冷地说："这就完了？情节呢？你没说他们在妓院做什么。"菲茨杰拉德怏怏离去。在当天日记里，华顿这样写道："下午与菲茨杰拉德喝茶，就是那个写小说的（可怕）。"此后两人再没见面，既然合不来，彼此都是解脱。

夏威夷来信

大文豪马克·吐温（Mark Twain, 1835—1910）三十一岁那年，也即 1866 年，受雇于加州《萨克拉门托联合报》，前往孤悬太平洋的岛国夏威夷做采访，那时夏威夷还是个独立的君主制国家，尚未归属于美国。

吐温在夏威夷逗留了四个月，从当年 4 月一直到 7 月，往来于各个岛屿之间，这里独特的气候和地理环境，给吐温留下深刻印象，他自幼在大陆长大，虽说也见识过加州沿海景色，但岛上的绚烂和壮美还是让他感到震撼，一百多年后的电影《侏罗纪公园》，就是在这儿取景拍摄的。在当年 5 月刊出的一篇报道中，他这样写道："我爬上了努阿努山谷，看见山脚的夏威夷王家陵墓，这地方干净整洁，环绕着美丽的花园。行走六英里后，终于来到久负盛名的帕里峡谷。"

"眼前百丈悬崖之下，是七十年前瓦胡国王卡米哈米哈为统一夏威夷诸岛，率军激战之处，左边的头顶上方，是一座陡峭的山峰，如教堂的塔尖直插云霄，夕阳沉沉落下，海

马克·吐温

面正渐渐被乌云遮蔽,接下来月亮升起来了,照亮了一排排巨浪,给山峰的顶端抹上了银色。我听见女人在喊:太美了!反差太强烈了!男人则说:天哪,这景色,唯此处独有!"

美色自然会引来他人觊觎,当时英法等国都对夏威夷有垂涎之心。吐温专门撰文介绍了夏威夷独特的立宪政体。三十年后夏威夷亡国,成为美国的一部分。吐温总共为报纸写了二十五篇报道,描述岛上的民俗风情和自然景观。后人编成《夏威夷来信》,在吐温死后三十年出版。夏威夷之行让吐温对海外旅行产生了强烈兴趣,次年他登上去地中海的轮船,在甲板上认识了一位矿主的儿子,那人对吐温很有好感,将妹妹奥利维娅的相片拿给他看,吐温和奥利维娅后来一见钟情结为夫妻。

文学接生婆

　　1926 年 9 月,《太阳照常升起》准备付印时，正是哈德莉、海明威(Ernest Hemingway,1899—1961)与保利娜三角大战的关键时刻。虽然海明威有意维持现状，保利娜也愿意忍,但哈德莉受不了了,这个红发女子提出解决方案,要求海明威与保利娜分开三个月, 如果三个月后他们依然愿意相守,她选择离开。这样做无非是想考验海与保的关系究竟是真爱型还是始乱终弃型,显示出哈德莉的良苦用心,如果确实是真爱,她就退出,也只能退出。她寄希望于三个月后,选择退出的是保利娜。

　　海明威与保利娜接受了这个方案,他俩也想知道,两人的关系究竟能维持多久,是一把火还是一条河。保利娜乘坐"宾州土地"号海轮,离开法国前往纽约,这个出身天主教家庭的富家小姐,自从见到海明威就芳心大乱,要她离开海明威,别说三个月,就算三天都是痛苦折磨,但为了证明自己的感情,她接受了这个挑战。她几乎每天给海写信,诉说思念之苦,甚至建议海净身出户,将所有财产留给哈德莉。

海明威这边也是焦头烂额,除了应对两个女人的情爱之争,还得与大编辑珀金斯缠斗。他要求珀金斯在封面打上斯坦因夫人的一句话,"你们是迷惘的一代"。这是斯坦因对海明威以及其他美国青年作家的著名评语。但珀金斯不同意,说往封面加评语不好看,显得乱糟糟的,建议把评语放封底。海明威本来就心情不好,这下更沮丧了,他整天宅在家中,谁也不想见。以前每到黄昏,他就喜欢去蒙帕纳斯的咖啡馆坐坐,喝酒聊文学聊女人,聊到灵感大发就回家写小说。如今连蒙帕纳斯也不想去了,只想尽早与保利娜重逢。

三个月终于过去了,海明威与保利娜证明了真爱。哈德莉没有食言,选择了离婚。1927年1月,就在《太阳照常升起》准备第五次重印时,哈德莉拿到离婚协议书。海明威对这段婚姻还是有愧疚的,他在签字离婚的同时,立下一份遗嘱,规定《太阳》的所有版税归哈德莉所有("这是我们的第二个孩子",他对哈德莉说),其他作品的收入,将在哈德莉的监护下归独子巴姆比所有。菲茨杰拉德得知此事,这样评价海明威:"他每出版一部大作,就要换一任老婆。只要看见他有新书出版,就可以预计他又有新老婆了。"

老婆确实是海明威的文学接生婆,协助他写出一部部小说,小说出版后,接生婆的使命也就完成了。哈德莉接生了《太阳照常升起》(1926),保利娜接生了《丧钟为谁而鸣》

海明威

（1940），当然也有例外，第三任海夫人盖尔霍恩最漂亮也最强势，居然压过了他的风头，海明威与她的五年婚姻，除了共同见识过抗战期间的桂林山水，文学上竟然毫无收获。1946年，他娶了第四任也是最后一任夫人韦尔什，她见证了他完成《老人与海》（1952）并获诺贝尔奖。这一次海明威没力气换夫人了，把手里的笔换成了自杀的枪。

酒醉的男人

　　海明威有个妹妹叫厄休拉,快满三十岁了还待字闺中,做哥哥的看在眼里,免不了会操操心,有时候举办派对,会把厄休拉也叫上,给她个机会多接触人。1936年2月的一天,海明威在佛罗里达南端小镇的家中招待客人,来了不少文学界的同行。佛州地处美国最南边,是最暖和的地儿,每年二三月份,大批文人如候鸟一般从北方而来,在这儿避寒。

　　海边的小别墅都挺漂亮的,大伙儿手捏葡萄酒杯,边喝边吹加勒比海风,浪漫且惬意。厄休拉对年轻作家没兴趣,倒是看上了个老头,一个叫华莱士·史蒂文斯(Wallace Stevens, 1879—1955)的纽约现代派诗人。这老头有些诗名,后来得过普利策奖,以尖酸刻薄著称,也许正是那讥讽的口吻,吸引了厄休拉。

　　厄休拉满心欢喜迎上去,想与诗人聊聊天,可接下来的事情出乎她的预料。史蒂文斯见有美女上来搭讪,不禁喜出望外——说厄休拉是美女,可不是随意的恭维,海明威家族相貌出众是有名的,其孙女如今是美国时尚界的红人。他知道撩妹的方式,无非是逗女孩开心,而说话逗乐一向是他的强项。

史蒂文斯指着远处一个男人说,看见吧,那人其实是个软蛋。他以为厄休拉会笑,不想她发出了惊叫,你怎么能这么说,那是我哥!史氏这才明白,他面前的这个美女是海明威的妹妹,但他不愿退让,借酒劲硬着头皮说,对,说的就是他,他是个废物!厄休拉很气愤,一溜烟儿跑出去,把这件事告诉了海明威。

海明威听罢一言不发。文坛上有些恩怨,只有文人自己明白。他等派对结束后,端着酒杯走到瓦德尔大街上。这是小镇上唯一的大街,也是酒徒们散伙后的必经之道,刚下过雨,地上湿淋淋的。

过了一会儿,史蒂文斯果然走过来了,摇摇晃晃的。可别小看这史蒂文斯,他虽然比海大整整二十岁,但身体高大而强壮,年轻时练过拳击,问题是他忘了,海明威也练过拳击,是跟西班牙斗牛士学的,而且,海明威此时也喝了酒。

"你就是那个海明威?"史蒂文斯说着,抬手就是一拳。海闪过,一拳打中了史。这一拳够重的,史当即倒在大街的水洼里。他爬起来,海将他击倒,他再爬起来,再次被海击倒,而海给出这三拳时,一只手还拿着酒杯。

史毕竟是上过拳坛的人,不会轻易服输,他第三次爬起

华莱士·史蒂文斯

来,使出全力猛击一拳,打在海明威的下巴上。换了别人,这一拳会很要命,没准就直接趴下了,可是海居然没事,反而是史的右胳膊咔嚓一声折了,这可是真事,海并没有打伤史,是史自己弄断了胳膊。史这时候总算服软了,他说:"小老弟,这事到此为止,算我的错,你给我个面子,也别跟别人说了,好不?"海摸摸下巴,答应了。

海明威没有食言,不过他后来在短篇小说《弗朗西斯·麦康伯短暂的幸福生活》中,描写了一个心虚的纽约男人,那人去非洲狩猎,被狮子追得屁滚尿流,半路上对导游说,你可千万别把这事告诉我老婆。有的天才很脆弱,需要别人呵护,而海明威不仅是天才,还有能力捍卫自己的荣誉。至于史蒂文斯,一次有人问他对海明威怎么看,他说不了解,从来不读那人的书。

女战士盖尔霍恩

　　熟悉海明威的人都知道，海结过四次婚，其中第三任夫人盖尔霍恩（Martha Gellhorn，1908—1998）名气最大。盖是战地女记者，报道过盟军在西西里登陆，是"D-day"诺曼底登陆时，随救护船报道血战奥马哈海滩的唯一女记者，还是随军冲入达豪集中营的媒体第一人，她的名言是"战火烧到哪里，我就跟到哪里"。都说海明威是不怕死的硬汉，但跟金发碧眼的盖尔霍恩相比，他未必占上风。事情得从两人的那趟亚洲之行说起，1941 年春，两人新婚不久，就在《科利尔周刊》老板英格索尔的安排下前往香港，穿越日军占领区到达韶关，经桂林、贵阳到中国战时首都重庆，面见蒋、宋，再经缅甸、新加坡到英国，完成了战地采访任务。

　　回到哈瓦那的居所后，海明威变得消极沮丧，他见识过一战和西班牙内战，对没完没了的屠戮感到厌倦，终日借酒浇愁，打字机也不怎么用了，只想跟人去海湾钓鱼，开始流露出厌世的早期征兆。盖尔霍恩不一样，她已秘密加入共产国际,每天关心时局,在地图上追随盟军的脚步,看看今天打到哪里,明天可能打到哪里,心始终在远方。两人是在佛罗里达的一家酒吧认识的,边喝边聊情投意合,彼时海还与第二任夫人保利娜维持着婚姻。之后两人又在战火纷飞的西班牙相遇,有过九死一生的共同遭遇,她喜欢的是那个生机勃勃、勇往直前的海明威,而不像眼前这个邋遢男人,只知道整天喝闷酒。

不久,盖尔霍恩不辞而别,跑去意大利采访盟军登陆,海明威大为恼火,在给她的信中,写下了那个著名的问句:"你究竟是战场上的记者,还是我床上的老婆?"说归说,盖的行动还是让海重新鼓起了斗志,他冒着被德军潜艇击沉的危险,坐船抵达伦敦,试图劝阻盖尔霍恩。诺曼底登陆那天,大记者海明威乘坐驱逐舰出海,朝奥马哈海滩一阵眺望,然后回到伦敦的酒店;与此同时,女记者盖尔霍恩混进救护船,随军登上海滩救护伤员,做法语和德语翻译,同时见缝插针发回战地报道。前线官兵都很敬佩这个女人,佩服她的勇气,当然也喜欢她那张漂亮的脸蛋,时时给她提供方便,包括帮助她躲避军法处搜查——军方不许女人暴露于一线炮火。

海明威对这件事耿耿于怀,觉得她的举动伤害了他的自尊,战争结束后两人便离婚了。当然此事并非分手的唯一原因,盖尔霍恩在回忆录里说:"我做了四十年记者,认识他之前是,认识他之后也是,我为什么只能做他的脚印?"凡有记者来访,她都提出条件,不许谈海明威,谁要谈立马请回。盖尔霍恩晚年饱受癌症折磨,先是卵巢癌,后来发展成肝癌,1998年在伦敦寓所服安眠药自尽,时年九十岁,而在三十七年前,海明威已在爱荷华开枪自杀。

巴黎异乡人

　　1944年6月美军第十二步兵团在诺曼底登陆，遭到德军顽强抵抗，一路激战打进巴黎，只剩下三分之一的官兵，这活下来的人当中，有一个叫塞林格（J.D.Salinger，1919—2010）。美国人穿行在欢呼胜利的巴黎街头，市民们箪食壶浆，迎接这些说英语的大兵。战友们都找酒吧狂欢去了，塞林格却另有心思。此时的塞林格已小有名气，在美国一些重要的文学刊物上发表了不少短篇小说，当兵也没影响他的文学抱负，头上子弹呼啸，他照样细读父母远隔重洋寄来的《纽约人》。他听说大名鼎鼎的海明威此刻也在巴黎，决心去会会他。

　　巴黎人海茫茫，去哪里找海明威呢？换了和平时期，这是一个问题，可眼下是战争年代，海明威一定在瑞思饭店。瑞思饭店是巴黎最好的饭店之一，此时已成为盟军记者交流信息的场所。塞林格没猜错，海明威确实在这里，他以随军记者的身份进驻饭店，是最先进入巴黎的盟军人员之一，每天都周旋于各色人等，既采访别人也接受别人采访，夸耀自己经过血战,打死了一百二十二名德国人,才把瑞思饭店拿下。这样的话,倒也符合这个大胡子笔下那些硬汉的性格。不过当地人都知道,德军早撤走了,他要么是开玩笑,要么是吹牛。

塞林格开着军用吉普,一身戎装地出现在海明威跟前。两个美国人在巴黎相遇,自然分外开心,海见这个年轻人既是老乡又是同行,马上叫人拿酒来!两人边喝边聊,聊过塞林格的创作近况后,两个男人开始比试腰间的手枪。塞林格佩戴的是美制.45式,海明威的是德国造驳壳枪,海明威抬手一枪就打中了院子里的一只鸡,塞林格有点尴尬,他本来就生性羞涩,偏偏枪法又不行,开枪准会露馅。海明威毕竟是个老男人,倒也不勉强,拍拍小伙子的肩膀继续喝酒,同时转移了话题。

两人聊了好几个小时,分别时没有再做约定。那是战争年代,郊外还有零星交火,巴黎市民正在街头巷尾追捕处死法奸,谁也不知道自己还能活多久,自然也不可能有什么约定。海举杯祝塞写出新作,说自己会一直关注他的写作。塞说能在巴黎见到自己的文学偶像,真的好开心。这是两人的唯一一次见面,塞林格后来做了详细描述,他称赞海明威豪迈爽朗,待人真诚,只是有时会说大话。

第十二步兵团离开巴黎后,继续向德国腹地挺进,在许特根森林中了德军埋伏,几乎全军覆没。这是美军遭遇的最惨重失败之一，塞林格的战友死伤殆尽，但他再次侥幸存活。战后他回到纽约，蜗居格林尼治村。因为经历了太多的生与死，赛林格内心变得极其冷漠，同时又因为写作不太顺利，常常出言不逊，不把任何作家放眼里，生气时连海明威也骂。反过来海明威倒是一直很器重这个年轻人，1961年他在家中举枪自杀后，朋友在他书桌上看见三本书，其中一本就是塞林格的成名作《麦田里的守望者》。

幽微的光影

乔伊斯（James Joyce，1882—1941）的书难读，这是读书界的共识，不过他早期的短篇小说集《都柏林人》并不费解，文字也浅显，要不是《尤利西斯》把他推到巨匠的地位，《都柏林人》会显得过于散淡。由《都柏林人》的浅显，到《尤利西斯》的艰涩，这当中有一条不为人知的心路历程，一般人找不到路径，就是找到了也走不下去。都柏林人为纪念乔伊斯，曾发起沿《尤利西斯》的描写线路，徒步行走全城的活动，不过真能坚持走到底的，实在没有几个人。

乔伊斯对用词极其挑剔，要吃透每个词的形和音，才能决定接下来用什么词，因此他拒绝用打字机，一直坚持手写，觉得手写可以更好琢磨词形词义。说起来很矛盾，这位内心强大的男人，身体自幼就很孱弱，小时候不但多病，运气也糟糕，五岁时被狗咬，从此患上恐犬症，家中还有一个神神怪怪的姨妈，经常给他讲鬼故事，警告他电闪雷鸣时千万不要出门，那是上帝在大发雷霆，小乔为此又得了闪电恐惧症，看见闪电就赶紧躲。

更严重的是，这个爱尔兰人的视力有问题，左眼几近失明，这对一个讲求文字的作家来说，是致命的麻烦。乔的眼睛从小近视，二十五岁那年的一次高烧导致虹膜炎，此后视力急剧下降。为了医治眼病，他去巴黎找一位叫波什的名医，先后做了九次眼科手术，后来波什去世了，他又去瑞士寻医，可是很不幸，所有的治疗都没效果，眼疾伴随了他的一生。这位给人类带来智慧启蒙的大作家，始终生活在幽微的光影里。

那么乔伊斯是怎么写作的呢？20世纪20年代中期，乔伊斯夫妇隐居于意大利北部小城的里雅斯特，他把妹妹艾琳叫来看护孩子。艾琳回忆说，每当黄昏来临，他就缩到床上，不是为了睡觉，而是就着一块写字板，用蓝铅笔往上写。最关键的是他那身衣服，他会换上一件白色上衣，看上去有点古怪，但非常实用，为什么？可以增加眼前的亮度。那些不朽的作品，从《一个青年艺术家的画像》开始，都是这样产生的。

在给朋友的一封信中，他这样写道："我每天花十二个小时写作、修改，有时用两只眼，有时用一只，中间得不时休息五分钟，否则什么也看不见。"《尤利西斯》就是这样一个字一个字、一行一行写出来的。有一天他很兴奋，有人问他为什么，他说刚刚完成了两个句子。"作家的任务就是找到最完美的词语搭配。"他说。但是他的视力还在持续恶化，等到看校样时，得把两副眼镜叠加起来，才能看清楚。后来看最后一部小说《芬尼根的守灵夜》的校样时，甚至要戴三副眼镜。

花开的日子

　　乔伊斯有资历,有学识,写的作品艰涩高深。他的小说并不多,除了《尤利西斯》,还有长篇《一个青年艺术家的画像》和短篇集《都柏林人》,再就是前些年首译成中文的《芬尼根的守灵夜》,一共也就四部,这当中最迷人的当然还数《尤》。坊间都认为这部书难啃,其实是被里面的怪诞表述吓着了,撇开那些曲里拐弯的典故,可以看到老乔的一往情深。《尤》的主人公叫布卢姆,小说写的是布卢姆某一天的生活。这一天是哪一天呢? 1904 年 6 月 16 日,乔伊斯在这天认识了他未来的妻子诺拉,一位天性烂漫的酒吧女招待。诺拉点燃的爱情之火,温暖了他的一生。

　　爱尔兰人是很感谢老乔的,有了这位乔老爷,都柏林才如此不负虚名。1954 年 6 月 16 日,是书中布卢姆离家游荡五十周年纪念,这天爱尔兰文化界发起活动,沿布卢姆的足迹行走一天。参加者还挺多,不乏各界名流,不过大家只走了一半就累坏了,坚持的人越来越少,小说就是小说,作家可以不管不顾往下写,用笔指点江山,现实中的人却受不了这番折腾。不过此后每年 6 月 16 日都有纪念活动,爱尔兰人把这天称为"Bloomsday",可以译作布卢姆日,也可以理解为"花开的日子"。

这天大家都会上街漫步,走到哪儿算哪儿,当然这是纯文学的理解,也叫素解;其实这个日子还有一层荤解,因为这天是乔伊斯与诺拉相遇的日子,大伙儿延伸出了男女相悦的含义,见面就问可以吗?回答一律是 yes,也即来者不拒的意思。乔伊斯与诺拉相伴二十七年后,赶在父亲老乔伊斯去世前,选定父亲的生日那天办了婚事,那时他们已经有了两个孩子。

两巨匠

1922 年 5 月 19 日,一位英国富商突发奇想,在巴黎设宴,款待他认为当时巴黎最牛的四位文化界大腕:音乐大师斯特拉文斯基、大画家毕加索,还有普鲁斯特(Marcel Proust,1871—1922)和乔伊斯。后两位不用说了,一个创作出鸿篇巨制《追忆逝水年华》,一个构思出千古奇书《尤利西斯》,都是响当当的文学巨匠。富商本来不想请老乔的,这乔老爷性情不合群,写的小说看不懂,一个人一天的事情本来很简单,他可以写成一厚本书,而且他生性内向不爱说话,心思很难猜透,可他毕竟名气大呀,不请似乎也不太好。富商想了想,托人给老乔捎了个信,说如果方便的话,请他晚餐后过来小坐。他以为古怪的乔伊斯是不会来的,谁知老乔真的来了,果然让人猜不透。

乔伊斯侨居巴黎不久,对名人聚会还是蛮看重的。他当时已经名满欧洲文坛,连远东的中国、日本都有人译介他,徐志摩、茅盾曾先后撰文做过介绍。老乔一次走在苏黎世大街上,有个年轻粉丝上来说,我可以吻一下您这只写出《尤利西斯》的手吗?老乔拒绝了,说不行,这手还干过许多别的事。众巨匠先后抵达,最先到来的是毕加索和斯大师,两人是来吃正餐的。乔伊斯晚餐过后才来,喝得醉醺醺的,一来就枕着胳膊昏睡。

普鲁斯特果然一副大佬做派,直到凌晨才姗姗来迟,将乔伊斯从鼾声中唤醒,两人自我介绍一番后并排落座。这两个人其实都知道彼此的地位,评论界也喜欢将两人做比较,都是现代主义文学的开拓者,照理说应该有许多共同语言,甚至应该成为挚友。但现代派的粉丝们猜错了,他们虽然近在咫尺,却无言以对,如同偶遇的路人。两人坐一块究竟聊了什么,这世上没人知道,但大家也很好奇,事后流传出许多版本。一个版本说两人互相诉苦,乔伊斯说我每天头疼,眼神也不好,普鲁斯特说我胃痛,痛死了,现在就想回家,乔说我也是,要有人扶一把,我立马就走。

另一个版本说普先开口,说乔先生,我读过你的《尤利西斯》,乔立即回应,普先生,我也读过你的《追忆逝水年华》。说完两人再没话可说。普读没读过乔的书,我们不知道,但乔是肯定读过普的书的,据朋友回忆,1920 年乔曾读过几页普的那部代表作,说难读死了,实在读不下去。还有一种说法,说普一直喋喋不休议论眼前的姣美妇人,乔则瞅着她们一言不发。这个场面倒也符合两人性格,普终生爱美

普鲁斯特

人,乔则与诺拉厮守到老。这是两大师唯一一次见面,半年后普鲁斯特因肺炎去世,乔伊斯从第二年春天开始写他最后的巨著《芬尼根的守灵夜》。

"我的《俄利塞斯》"

　　人一旦出名,旁人有敬畏,自己又端着,相处起来就会感到别扭。乔伊斯自出版《尤利西斯》后,性格变得很孤僻,不太乐意跟人交往。这当中的原因很复杂,有内心的因素,也有身体的局限。他有眼疾,平日要斜戴一只黑眼罩保护左眼,按尼科尔森的形容,"他看东西时会忽然转向,如同一只警觉的猫头鹰"。尼科尔森擅写政治小说,有作品《公共脸庞》等传世。

　　因为视力不好,乔伊斯出门都由诺拉陪伴,这一陪就是二十七年。两人一直共同生活,连女儿都生了,但没办婚姻登记,等到 1931 年 7 月,为了安慰年迈的父亲,乔伊斯这才跟诺拉去补办手续,这年女儿都满二十三岁了。婚后不久,乔伊斯来到伦敦,接到普特南出版社老板的邀请,请他携太太赴家宴。普特南是企鹅出版社的前身,在作家中有相当大的号召力,老板当然也不是只请乔伊斯,同时还请了包括尼科尔森在内的其他作家,但就名气和分量而言,乔伊斯当然居首。

　　说实话，乔伊斯会不会来，大家都没底，即便来了，那气氛好不好，大家也没底。乔伊斯通常比较沉默，只有遇上很感兴趣的话题，才会插几句话。他曾经整晚一言不发，不过表情并不冷漠，脸上一直带着捉摸不透的笑容，似乎并未游离于谈话主题，让大家感觉既亲近又遥远。这天众人来到普特南老板家，坐在二楼的会客厅闲聊等待，等待谁？虽然谁也没说，但所有人都知道，等待乔伊斯，只要乔老爷没到，家宴就不会开始。

　　不一会儿，楼下传来声响，大伙儿一齐拥到楼梯口，果然是老乔夫妇来了，他俩还真来了！诺拉在前面走，乔伊斯紧随其后。主人赶紧让座，倒茶，因为过于紧张，竟然用意大利语与乔伊斯互致问候。老乔在意大利北部小城的里雅斯特住过多年，懂意语，其他人就尴尬了，插不上话，只好各自捉对东扯西拉，注意力却始终在老乔身上。有人谈起当时轰动一时的一桩军人谋杀案，尼科尔森趁机问乔伊斯，对这凶案感兴趣吗？老乔摇头。

　　大家重又陷入沉默，谁也不说话。乔伊斯似乎很享受这种沉默，他甚至有点得意，对自己能将众人陷入无语感到很满意。尼科尔森见状，赶紧换了个话题，问老乔认不认识一个叫伯顿的人，那人曾任英国驻的里雅斯特总领事。老乔摇头。他肯定认识伯顿，但对那英国官僚没兴趣。眼见又要冷

乔伊斯

场了,尼科尔森急中生智,忽然说自己曾经在广播中向听众讲解《尤利西斯》。

这下乔伊斯来劲了。"你是怎么讲解的呢,你怎么讲解我的《俄利塞斯》?"老乔的都柏林口音,总是把尤利西斯念成"俄利塞斯",只有谈到他自己的作品,这个戴眼罩的爱尔兰男人才会兴奋。那天的家宴结束后,女作家麦卡锡说:"乔伊斯真的很无趣,跟他一道吃饭没意思。"几年后,《芬尼根的守灵夜》出版了,尼科尔森在评论中写道:"我非常努力想去理解这本书,但完全归于徒劳,好不容易理解了一两行句子,很快就被其他无解的句子所淹没。我真的觉得他完全不在乎与读者沟通。这是一本非常自私的书。"

"这下麻烦大了"

　　乔伊斯一直受视力困扰,晚年几近失明,于是他找了个爱尔兰同乡做秘书。这个小老乡叫贝克特(Samuel Beckett, 1906—1989),帮了乔伊斯很大的忙,其中一项就是协助乔完成最后的作品《芬尼根的守灵夜》。乔老爷很爱护贝老弟,一次贝克特走在街上,忽然遭人袭击,被一个叫普鲁登特的路人当胸捅一刀,命在旦夕,乔伊斯立刻动用关系,将贝送进最好的医院紧急抢救,最终捡回一条命。

　　人生真是祸福相倚,这件事在巴黎闹得沸沸扬扬,引起了一个女人的注意。女人叫苏珊娜,是个网球好手,也喜欢文学,早些年在网球场上见过贝克特,对贝很崇拜,见贝遭难立刻前往医院看护,进而成为贝的女友。1941 年,德军占领巴黎,贝克特是爱尔兰人,本来不想介入两军交战,但眼见纳粹猖獗,身边的犹太朋友纷纷被捕,他坐不住了,用他自己的话说,"这时候还袖手旁观,良心就被狗吃了",遂与苏珊娜一道加入抵抗组织。

贝克特的任务是传递情报，作为情报链的一环，将一只火柴盒交给下线。抵抗组织的情报网五花八门，有的扮作商人，有的假装农妇，什么人都有，当然也有敌方的渗透人员。贝克特加入组织不到两年，1942年8月，情报网就被德国人破获了，贝克特的上线被捕，他慌忙通知下线转移，随后与苏珊娜逃亡，在组织的掩护下，白天躲草堆，夜晚徒步行，潜往南方小城鲁西永，一直躲藏到盟军解放巴黎。鲁西永风景如画，是著名的"红土城"，贝克特躲在山顶的城堡里，一边帮农人干农活，一边写自己的小说《瓦特》。

贝克特与苏珊娜同居二十多年后，为确定自己作品的版权继承人，与苏珊娜在巴黎秘密成婚，这样自己死后，苏珊娜就能以妻子的身份继承版税。苏珊娜本人对此并无兴趣，1969年10月，贝、苏两人正在突尼斯度假，忽然传来贝获诺贝尔文学奖的消息，苏的第一句话是："这下麻烦大了，我结婚的事要被大家知道了。"事实上苏也没得到贝的版税，贝去世时，苏已在半年前先他而去，两人是姐弟恋，她比贝年长六岁，享年八十有九。

进入20世纪50年代后，贝克特感觉自己的小说创作钻入了死胡同，于是放弃写小说，开始改写剧本。事实证明这个选择是明智的，1952年，贝克特发表《等待戈多》，震动欧洲文坛，开荒诞派戏剧之先河。此后又连续写出《剧终》《克拉普最后的录音带》《美好的日子》等，均被视作黑色幽默的经典。除了剧本,贝克特也写过一些很出色的小说和散文,但他因剧本而获奖,大家通常都把他归为剧作家。乔伊斯没有得过诺奖,诺奖颁给了他的秘书,这多少也说明,未获奖的乔伊斯,其文学成就要大过许多获奖者。

佩姬的耳光

贝克特做上乔伊斯的秘书后，跟乔老爷出席了许多应酬酒会，认识了许多人，其中有个女子叫佩姬·古根海姆（Peggy Guggenheim，1898—1979）。这个佩姬可是有些来头，她出生于纽约一犹太富豪家庭，父亲古根海姆早年做冶金生意发大财，一生风流放荡，后与情人一道死于"泰坦尼克号"海难，那年佩姬年仅十四岁。佩姬后来移居欧洲，凭着父亲给她的两千五百万美元（相当于当下大约四个亿）遗产，创建了古根海姆画廊，致力于收藏现代艺术品，被称为"现代派情人"。如今那画廊是威尼斯名胜之一。

当然这是后话，见到贝克特时，她正在巴黎自我放逐，与一群波希米亚艺术家厮混在一起。两人相识纯属偶然，一次一群名流开酒会欢迎乔伊斯，佩姬是冲着乔的名望而去的，不想却被乔身边的那个年轻人所吸引，那年她已接近四十，是个知名的纽约富婆，而贝克特刚刚三十出头，一个爱尔兰穷小子。她望着贝克特瘦高的身影，而贝克特似乎沉浸在自己的文学世界里，对周围的一切视而不见，他愈是走神，她愈是觉得他迷人。其实贝克特敏感得很，他早就注意到她的眼神，酒会结束时主动提出陪她回家，这让佩姬大喜过望。

那天晚上，还有次日大半天，他是在佩姬家中度过的，两人喝酒，议论巴黎那些流浪艺术家，谈论他新出的小说集，还有待出的长篇《莫菲》。期间佩姬提出想喝香槟，他立马下楼买上来几瓶。她提出做顿中饭给他吃，他谢绝了。佩姬多少有些失望，但也无可奈何，这些年在巴黎阅人无数，她也明白搞文学的人，都是些怪人。不过也许是命运的安排，几天后两人又在大街上相遇，她再次主动带他回家，这次所有该发生的都发生了，她成了他的女朋友。

也不知佩姬带来的是福还是祸，认识她不久，一个寒冬的夜晚，贝克特喝了酒后，与朋友步行回家，半路上，一个男人忽然上来要钱，贝克特说没钱，那人又问了一次，说女朋友缺钱还债。贝克特推开对方继续往前走，结果那人火起，掏刀一下捅进贝克特的胸膛。虽说穿着厚厚的外套，贝克特还是身受重伤，被送往医院紧急抢救。

康复后，他起诉凶手，开庭那天来到法院，原告和被告同坐在外面的长凳上等候，贝克特说我与你无冤无仇，你为何要捅我？那人说我也不知道，那天心情很不好。贝克特见对方谈吐得体，忽然心生怜悯想撤诉，但法官不同意，最后轻判坐牢两个月。

　　这件事发生后,贝克特与佩姬逐渐疏离,一次他回了一趟都柏林,返回巴黎时告诉佩姬,他爱上了一个女孩。佩姬对此早有心理准备,并不觉得意外。不想贝克特毕竟年轻,接下来又说,其实他并不爱佩姬,从一开始就没爱过,如果一个人不爱对方,那么跟一个不爱的人生活,就相当于喝咖啡不加白兰地,那味道总觉得差了点什么。这话无疑是对佩姬的巨大嘲弄,她大怒,当即用一记耳光,把这个小弟弟撵出家门。

瘸腿之谜

福克纳(William Faulkner,1897—1962)二十岁那年,离开家乡密西西比,出了一趟远门,回来后走路一瘸一拐的,若有人问起,他就说自己刚从一战前线归来,腿是在空战中被德国人打伤的,还说就因为受了伤,每天要喝酒止痛,所以自己成了酒鬼。刚开始还有人半信半疑,后来说多了,大家只是付之一笑。原来他确实想上战场,也曾报名参军,可个头不到一米七,这在白种男人中算矮的,体检没过关,一气之下去了加拿大,那边对身高的要求倒是宽松,于是得以加入加拿大空军,不过只是进了基地训练营,还没来得及学开飞机,一战就结束了。

这件事让福克纳很是不爽,他已经不知多少次想象,自己驾机穿行于云山雾海,如雄鹰一般翱翔于欧罗巴上空,不想战争忽然结束了,自己又回到了密西西比,回到每个角落都熟悉的这座小城。为了证明没有虚度年华,他只好装出缺胳膊断腿的样子,在大街上跛行,以此显示自己是个沧桑男人。福克纳这样吹牛，是有原因的，一方面是虚荣心作祟，想想自己快三十岁了，虽然也写了几部小说，但没有引起预期的轰动，依旧是个小作家，心里不免憋得慌，另一方面则是为酗酒找借口。

福克纳十五岁开始沾酒，此后就上了瘾，这爱好伴随了他一生，快乐时喝，不快乐时更要喝，那酒醉的探戈，是人生的至乐。要说糟糕吧，也确实有糟糕的时候，经常喝到神志不清，一次住在纽约一家酒店里，喝醉了躺暖气片上睡着了，皮肤烫伤一大片，落到去医院做植皮手术。可是作为一名作家，他又必须对酒满怀感激，要知道他的那些皇皇巨著，《喧哗与骚动》《押沙龙，押沙龙！》《我弥留之际》，许多灵感都是酒精孕育出来的，若没有酒，他哪来意识流、时空倒错？又如何能构建他那怪异的约克纳帕塔法王国？

20世纪30年代中期，福克纳生活拮据，去好莱坞写剧本挣钱，认识了朋友的女秘书米塔，米塔是密西西比老乡，早些年就见过福克纳，两人在异地重逢格外开心，很快就发展成恋人。当然福克纳依旧嗜酒如命，每天都喝得酩酊大醉，一天大清早，米塔看见福克纳缩在床上，刚喝了酒，嘴上不停在喊：他们冲下来了，朝我俯冲下来了，天哪！米塔问谁呀，你在说谁呢？他说德国佬！你没看见吗，德国佬！好几架飞机，正朝我开火！说着双手一阵颤抖，做出连续射击的样子。

米塔说你这是在做梦吧，他这才恢复神智，谎言说多了,有时连自己都信以为真。福克纳自己对这种谎言从不在意,说世上所有的作家都是从撒谎开始写作的,没有谎言何来小说?文学本身就是谎言。米塔与福克纳生活了十八年,直到福克纳去世。她活到1994年,对福克纳念念不忘,后来写了一本回忆录《可爱的绅士》,她在书中说,或许在别人眼里,福克纳为人冷漠,有些怪诞,但在她的心中,他始终是位可爱的绅士。

由粉丝到情人

福克纳有过几段感情，其中一段的女主角叫琼·威廉斯。1949 年 10 月，是中国人的特殊日子，福克纳也记得这个 10 月，就在这个月的第一个礼拜，当年的诺贝尔文学奖授予了他，从此他的声名如日中天。

在获奖前两个月，也就是 1949 年 8 月，福克纳在密西西比老家接待了一个年轻姑娘。彼时他一直住在奥克斯福的老宅，那房子很有历史，建于 1840 年，是幢两层的白色小楼，如今已改建成福克纳故居，供世界各国的文学朝拜者参观瞻仰。

那姑娘刚刚读过《喧哗与骚动》，惊讶于小说的意识流手法，同时也有不少疑问。她带着这些疑问登门拜访福克纳，希望得到当面解答。这位姑娘就是琼·威廉斯，那年她芳龄二十，而福克纳整整五十岁。她根本没想到，她拜访的这个人两个月后会获诺贝尔奖。

跟福克纳一样，琼也是密西西比人，也喜欢写作，一直怀揣着当作家的梦想,最近刚在一次小说竞赛中斩获头名,憋着一股劲想出人头地。她早就听说过福克纳的大名,是他的忠实粉丝,只是阅读他的小说时一直不明白,大作家的作品为什么不好读也不好懂。

福克纳如何跟琼讲解文学,后人不曾知道,后人只知道后来她投入了他的怀抱。从 1949 年到 1953 年,两人保持了四年的情人关系。琼保留了福克纳的大量情书,从那些情书中可以看出,两人对待这段感情的态度是有区别的。

琼在家中是独苗,时常感到人生孤独,写作是她摆脱孤单的一种方式。她期望从福克纳那儿得到父爱,或者是父爱般的安慰,当然也想向他学习写作。说实话,她得到的父爱不算多,但是文学收获还是很丰厚的。

福克纳不同,他像所有内心强大的男作家一样,总是试图占有对方,不仅仅是肉体,更重要的是灵魂。他想彻底占有琼,想了解她的每个想法,洞悉她的每个念头,一旦这种控制欲遭遇挫折,就心神不定,甚至怒火中烧。

这样的关系自然是脆弱的,少不了斗嘴和争执。琼开始还忍让,后来干脆逃避,不再与福克纳见面,也不回复他的信件,这让福克纳更为恼火。"我爱你,别骗我。你以为你能骗我,这让我很伤心。"大作家也许把文思都用在了小说里,情书写得很一般。

1953 年 11 月, 琼与一位体育杂志的年轻撰稿人订婚了。福克纳闻讯很沮丧，他写道："我不会让事情就这样结束，两个人相处四年，沉浸在爱、同情、理解与信任中，这远远不是一杯咖啡的情谊，怎么可能像高中恋人那样，躲在小卖部的角落里，说分手就分手？"

两人确实没像高中生那么绝情，一直保持着信件往来，直到福克纳去世。琼后来出版了四部长篇，其中《寒冬来临》讲述的是她与福克纳的那段情。她的声名虽然不如奥康纳、麦卡勒斯等南方女作家那么响亮，但通过与福克纳的交往，她毕竟实现了自己的作家梦。

命如珍珠的普拉斯

　　与随心所欲的美国作家相比,英国作家往往更严谨,更"牛津",更一本正经。对于这种一本正经,至少有一类美国文人是很不屑的,比如金斯堡、凯鲁亚克那一类,他们更喜欢无拘无束的放荡生活,所以不怎么去伦敦,更愿意往巴黎跑。但美国毕竟曾经是英国的殖民地,要谈论英语文学,英国还是祖师爷,有哪个美国作家敢说,自己没受过乔叟、莎士比亚、斯威夫特的滋润?因此,总有那么一些受过科班教育的美国作家,只要一提到英国文化,脸上就会浮现敬畏和向往,比如西尔维娅·普拉斯(Sylvia Plath,1932—1963)。

　　普拉斯是个大美人,美到什么程度呢?如果举办全球女作家选美,她会被选为文坛上的美国小姐。普拉斯最崇拜的文学偶像,是英国诗人狄兰·托马斯(Dylan Thomas,1914—1953),她在《小姐》杂志做编辑时,经常向人推荐他。可是接下来发生了一件伤心事,1953年6月,托马斯不但来到纽约,还专程前来拜访该杂志,与各位大编辑共进午餐,可不知什么原因——可能是疏忽,也可能是嫉妒,这么重大的活动,居然没人通知她。她错过了与偶像相遇的唯一机会,要知道那年普小姐芳龄二十一,正当花样年华,托氏三十九岁,正值创作旺盛期,假设美人普拉斯与才子托马斯一见钟情,两人的命运会不会因此而改变?还真很难说。

女人一定有直觉,何况普是女诗人,女诗人是世上最敏感的女人。她发现自己与托擦肩而过,不甘心,跑去托下榻的切尔西旅馆守候,一守就好几天,可托已经走了。普拉斯崇拜托马斯,可托马斯并不知道世上有个普拉斯,一位面若梦露的女粉丝。接下来几礼拜,普拉斯变得行为异常,母亲发现她开始自残,用刀片割自己的大腿,割得鲜血淋漓,可她说一点也不疼。母亲立刻带她去看精神病大夫,并接受残酷的电击治疗,那是当时比较先进的疗法。

这边普拉斯在治病,那边托马斯死了,死在纽约。原来三个多月后,托马斯鬼使神差又来纽约了,又住进切尔西,说是举办诗歌朗诵会,但整天泡在附近的白马酒吧酗酒。也不知是不是心灵感应,托氏自上次回英国后,患上严重失忆症,老想再来纽约看看。他想看什么呢?没人确切知道。11月初的一天傍晚,托马斯喝得酩酊大醉,向旁人夸耀自己喝了十八瓶威士忌,破个人记录了,回旅馆后即陷入昏睡,几天后去世。普拉斯"痊愈"后,托马斯已不在人世,她独自前往剑桥,进入她向往的英国名校深造。

2011年3月，一个叫尼克的男人在阿拉斯加大学悬梁自尽，他是一位海洋生物学家，本人很平凡，没孩子，也没结过婚，但是他的死引起了全世界的注意，为什么呢，因为他的父母很不平凡，母亲就是普拉斯。原来普美人到英国后，又爱上一位英国诗人，这次爱上的是特德·休斯（Ted Hughes，1930—1998）。应该说普拉斯的文学成就不及休斯，可名气比休斯响亮，因为普拉斯不但会写诗，还会写小说，把自己的苦闷全都写进一本小说里，小说名叫《钟形罩瓶》。

这是一部自传体小说，美丽的女主角埃丝特就是普本人。所谓钟形罩瓶，指的是实验室里一种钟形的玻璃罩瓶，用来保存胚胎之类的标本，普拉斯的用意很明显，喻指现实生活对灵魂的无形禁锢。世人是明白这一点的，小说的初版封面用的就是这样一幅画，一个年轻女子在玻璃罩瓶中苦闷沉思。埃丝特的情人威拉德是个伪君子，威拉德的不可捉摸，威母的尖刻，自己母亲的哀愁，写作的挫折感等等，让年轻的埃丝特焦头烂额。

一天母亲来看她，带来一束玫瑰花。"留着在我的葬礼上用吧。"埃丝特说。"女儿，今天是你的生日呀。"母亲几乎哭起来了。埃丝特随手把玫瑰扔进了废纸篓。为了摆脱深陷的泥淖，她选择自杀。小说描写了普拉斯在《小姐》杂志实习时，见到的种种情节故事，再现了杂志社内部各位同事复杂微妙的人际关系，细节之生动令人讶异，据说小说出版后，诸同事颇感尴尬，有的同事为此还离了婚。

小说充满了种种诡异的暗示，但在命运到来之前，人是看不懂那些暗示的。现实生活中的普拉斯，在生下小尼克后，与休斯的婚姻亮起红灯，这期间休斯爱上了犹太女子魏韦尔，普拉斯得悉这个消息，在伦敦公寓开煤气自杀，那时尼克只有一周岁，跟姐姐一道睡在隔壁房间里。魏韦尔也并不幸福，六年后先把与休斯生的四岁女儿杀死，随后自我了结，方式也是打开煤气罐。

休斯身边有如此多的人死于非命，自然会引起世人震惊，也引起公愤。他在去世前出版了诗体回忆录《生日信札》，试图为自己做一点辩护，但并未获得普拉斯粉丝们的谅解。普拉斯墓碑上刻有休斯的名字，那名字后来被人凿掉了，刀凿者一定觉得这个英国桂冠诗人，配不上普拉斯的如海深情。

尼克曾分别出现在父母的诗中，母亲叫他"谷仓里的宝贝"，父亲形容他的眼睛如"湿润的珍珠"，但这一切并不能减轻他幼年丧母的痛苦，他终于还是步妈妈后尘，结束了自己四十六年的忧伤。尼克去世后，媒体争相报道，本意是想多写写尼克，却不料还是被其母亲普拉斯抢了风头。有的人命如珍珠，注定当不了配角，在有她出现的地方，其他人都会黯然失色。

二月生死恋

  1956 年,西尔维娅·普拉斯二十四岁,刚从史密斯女子学院毕业不久,拿到了去剑桥进修的富布赖特奖学金。虽然刚出校门,但她已小有诗名,多次在《大西洋月刊》《小姐》《十七岁》等杂志上发表诗作,加上长了一张漂亮脸蛋,裙下追求者无数。

  不过普拉斯有自己的定力,对世界依然怀有梦想。这个为诗而生的女人,对人很冷漠,但一旦遇上动心的诗句,便方寸大乱,芳心乱颤。几年前她曾痴迷于英国诗人狄兰·托马斯未果,泪洒切尔西饭店,如今托马斯猝死,她在经过一段时间的消沉后,开始注意到另一个英国本土诗人,她的剑桥学长特德·休斯。

  休斯比普拉斯大两岁,但当时的诗名还不如普拉斯,不过他的诗意象诡异,很合她的胃口,比如在一首描写男人决斗的诗中,他用这样句子结尾,凶手"冲进警察局,大叫……'是我干的,是我!'"也许普拉斯认为自己的诗句太秀气了,就喜欢这种粗犷的感觉。

休斯当时主持一份诗歌刊物,不时以刊物的名义举办诗会,这年的 2 月 25 日,新一期诗会开始了,普拉斯听说休斯要去,便决意前往,会一会这个写诗的男人,要知道在她的心中,世人都凡俗,能找到一两个她看得上的诗歌同道,是很不容易的事。

如果说休斯的诗句吸引她,那么休斯的外表又给他加了分。他个头高挑,鼻梁挺拔,特别是额头上那一绺鬈发,平添一分风流的魅力。她形容他"貌若雄狮,声如惊雷",见他穿过拥挤的大堂,抑制不住激动,朝他挥手高喊:"是我干的,是我!"

休斯闻声停下来,问:"你读过我的诗?"普拉斯连连点头。他看见这位面若桃花的女粉丝,也非常激动,两人相互凝视,那场景可谓郎才女貌,又或者女才郎貌,总之天底下形容金童玉女的种种美好辞藻,都被他俩占去了。两人马上手牵手,进了大堂旁的偏房。

几年后,普拉斯在接受英国 BBC 电台访谈时这样说:"那年我拿奖学金前往剑桥,之前读过休斯的一些诗,印象挺深的,结果偶然在聚会上遇见他,发现两人在各方面都很相似,于是决定继续交往下去。"

这只是女诗人对公众的温柔解释,而在她的日记里,她这样写道,那天两人一进偏房,他就捏住她狂吻,她也不甘示弱,"一口咬在他的面颊上,久久不松口,鲜血从他脸上流淌而下"。她在日记中承认:"女人容易为有艺术气质的男人发狂。"

这场恋爱如早春的花蕾,很快就开放了花朵,四个月后,两人结婚了。婚后也有一段快乐的时光,两人还孕育了一对儿女,不过休斯就如同他额头上那绺风流鬈发所暗示的,又爱上了别人,这是普拉斯不能接受的。七年后,也就是1963年2月,普拉斯在伦敦自杀,死时依然是休斯太太。

雅豆

除了人们比较熟悉的爱荷华作家工作室，美国还有一个雅豆艺术家营地。若说爱荷华那家还有学院风气——毕竟办在大学里，那么雅豆营地则完全是波希米亚风格，更合作家们的胃口，因此在这个营地来来往往的大作家，比爱荷华多得多。美国人说雅豆，相当于一些中国作家说鲁迅文学院。

说起来有点伤感，雅豆的诞生与一个悲伤的故事有关。它位于纽约北边的萨拉托加，原先属于大银行家特拉斯克夫妇，特氏不仅有财力，对社会变化也有自己的看法，他最先资助爱迪生发明灯泡，后来又牵头创办《纽约时报》，夫人凯特琳娜终生痴迷于文学。可是不幸的是，夫妇俩生养的孩子有先天缺陷，四个孩子都早夭。

没有子嗣的特氏夫妇，决定将这片四百英亩的土地建成花园捐出去，给居无定所的作家、艺术家一块安生之地，而雅豆这个称谓，来自小女儿克里斯蒂娜。特氏夫妇曾带她去一家小客栈住过,那客栈跟爱伦·坡有点关系,坡曾在那儿小住,潜心修改长诗《乌鸦》。客栈附近有一片树林,当时克里斯蒂娜正牙牙学语,总是把树林里的阴凉处"夏豆"(shadow)念成"雅豆"(yaddo),逗得父母哈哈大笑。

雅豆营地开放后,入住的作家络绎不绝,从这营地走出去的大作家,可以组成豪华的文学方阵,小说家卡波特、奥康纳、鲍德温、麦卡勒斯,诗人洛威尔、毕肖普、特德·休斯和普拉斯夫妇等,都是文学史上的名人。雅豆也曾出现过中国人的影子,1946年老舍访美,曾被安排在雅豆居住三周。

当然也并非所有作家都喜欢雅豆,一些人喜欢,另一些人就必然不喜欢。《教父》的作者普佐非常不习惯这个地方,他的小说人物众多,热闹喧哗,充满激烈的社会冲突。普佐住了几天就受不了,觉得待在如此不食人间烟火之地,根本写不出黑帮的嘴脸。

雅豆曾遭遇过一场火灾,在重建的前厅墙壁上,有一只涅槃的凤凰,下面刻着一句拉丁文铭文:我,雅豆,为和平而再生。这片伤心地本来是特拉斯克夫妇内心的阴影,但他们通过努力,把这儿变成了作家们向往的阳光之地。如今,雅豆是美国历史文化遗产。2005年5月,一伙文化流氓袭击了雅豆,他们将雕塑、长椅和回廊等通通喷上蓝油漆,以此表示对现代艺术的憎恶。好在雅豆名声在外,公众很快筹资将营地修旧如旧,恢复原样。

普拉斯在雅豆

普拉斯与休斯在剑桥的一次聚会上认识后，两人一见钟情，很快缔结婚姻，那是 1956 年 6 月。婚后的小日子还是不错的，只是文学创作遇上了障碍，两人都有文思枯竭的感觉，休斯还能写些诗，普拉斯则无从下笔。这两个人本来就是为写作而生的，而过于甜蜜的生活，抑制了两人的创作激情，造成了新的忧郁。为了寻找灵感，夫妇俩决定换个环境，婚后第二年离开了英国，前往波士顿。

可是感觉依然不对，依然找不到写作的灵光。不过命运显然没有忘记他俩，就在彷徨之际，两人同时收到雅豆写作营的邀请函，要知道在此之前，雅豆从未邀请过夫妻入驻，这对金童玉女太般配了，若是只邀请其中一人，必定会招来棒打鸳鸯的谴责，于是雅豆破例将两人一同请来。

1959 年 9 月 9 日，普、休双双来到雅豆。这里喷泉如注，一派秋凉，普拉斯住在西楼的顶层，休斯住在树林中的一栋独立小屋。普拉斯在雅豆的生活是很充实的，小两口经济上不算宽裕,她半工半读,白天去一家心理咨询诊所上班,晚上听罗伯特·洛威尔授课，在班上结识了塞克斯顿等女诗人,还抓紧空隙时间去哈佛学梵文和印地文。

雅豆的写作条件非常好,除了衣食无忧,还有大量藏书供入驻的作家阅读,这期间普拉斯读了不少心理学方面的著作,包括弗洛伊德和荣格,她本来就敏感到近乎病态,曾数次自杀未遂,如今接触这些心理学文字,创作思维一下提升了好几级层次,用通俗的话说,就是读书读透了,忽然脑洞打开,眼前豁然开朗,犹如在茂密的丛林中,看见了通向吴哥窟的花径。

在来雅豆前的将近半年内,她陷入创作困顿期,竟然一行诗都没写出来。如今刚来一个多月,她就写出了包括《巨像》和组诗《写给生日的诗》等作品,这些诗作后来都收进了她的自选集《爱丽儿》。评论家们认定,普拉斯的诗歌创作在雅豆开始形成风格。她先前一直苦苦思索,自己写得那么勤奋、投入而用心,为何成效不大?这段时间的读书与沉思,让她终于明白,自己这辈子该写什么,该怎样写。

不过普拉斯不是一个甘于寂寞的女人,雅豆对于她只是过渡。她在给母亲的信中这样写道:"我想念波士顿,我不习惯远离大城市、没有博物馆和剧院的偏僻地方……我现在越来越倾向于在英国生活,美国的广阔巨大超前于我至少五十年,我喜欢伦敦的一切,剧院、书店都在伸手可及的

西尔维娅·普拉斯

范围内,旅行也方便。"

普拉斯和休斯后来回到英国。总结普拉斯在雅豆的两个多月时间,她至少应该有三大收获,首先,结识了洛威尔、塞克斯顿等一群志趣相投的诗友。其次,第一次祭扫了父亲的墓碑,通过创作《巨像》,对父亲之死有了更深的理解,厘清了与家族的关系。最后,也是最重要的,找回了写诗的动力,正是在这动力的激励下,她持续写作,终于成为美国诗坛上一颗耀眼的明珠。

先锋之争

威廉·巴勒斯（William S.Burroughs，1914—1997）与杜鲁门·卡波特（Truman Capote，1924—1984），一个是垮掉派重要成员，一个是非虚构小说鼻祖。垮掉派与非虚构小说是20世纪下半叶美国文坛的两大流派，虽说风行的时期有前有后，垮掉派崛起于50年代，非虚构60年代末诞生，但两个流派的代表性作家时有交集。从年龄上说，巴勒斯比卡波特年长十岁，出道也比卡波特早，但卡波特很早就从外州来到纽约，二十岁出头就出版了长篇小说，在文坛上也相当有分量。

最有意思的是，每当垮掉派作家陷入创作困顿期，卡波特就佳作迭出引领风骚，加上他个头小巧，喜欢客串电台主持人，在公众场合一副名士派头，这让垮掉派作家们很是不爽。凯鲁亚克在给金斯堡的信中，就说卡波特的小说"满纸屁话"，这评价看似骂人，但多少也透露出某种妒意。卡波特也不甘示弱，在一次有关"在路上"的脱口秀上，他嘲讽凯鲁亚克的写作"不是写——是打(字)。"

卡波特以尖酸刻薄著称,但他喜欢攻击大腕名媛,没把垮掉派放眼里,认为那是野路子文学,不值得浪费口舌,更愿意把矛头指向诺曼·梅勒、戈尔·维达尔这类所谓主流作家。巴勒斯与卡波特有一面之缘,一次他造访《纽约人》杂志社,遇到当时不到二十岁的卡波特,卡波特高中没毕业就来纽约闯荡,一门心思要当作家,直接找到杂志社做抄写员,目的就是要接触最优秀的文学。

那次见面,巴勒斯对卡波特印象一般,有人称赞卡波特肤色白皙,口齿清晰,像个漂亮女孩,巴勒斯对此不以为然,当场问这男孩是不是得了白化病?口气让卡波特很是不爽。接下来几年,巴勒斯苦思冥想,后来在金斯堡的帮助下写出《赤裸的午餐》,总算一举成名,出了口恶气。不过卡波特也非等闲之辈,1966年出版了《冷血》,被评论界认为开启了非虚构小说之先河。垮掉派与非虚构,究竟谁引领文学先锋?

在接受《芝加哥每日新闻》采访时,卡波特这样说:我讨厌波普艺术,还有像巴勒斯那样的波普作家,他有时能写出一些有趣的情节,付出的代价是与读者毫无交流。紧接着又对《花花公子》杂志说:《冷血》才是真正的先锋形式,像巴勒斯那样的写作,可以娱乐大众于一时,但没有提升空间。卡波特拿巴勒斯做靶子,只说明巴勒斯的作品的确有分量,可是这样的攻击深深伤害了巴勒斯。

沉默数年后,巴勒斯以匿名读者的身份,于1970年写了封《致卡波特的公开信》。他先是表达对《冷血》的看法,认为作者将同情放在凶手而不是被害人身上,有违公共道德。紧接着他这样写道:"你卖弄你并不具备的文学天分,写了本无聊透顶的书,这样的书《纽约人》的任何职员都能写出。你已经江郎才尽,为金钱所累,除了钱,你将一无所获。你将再也写不出比《冷血》更好的东西,作为作家的你已经过气了。你知道我是谁吗?你知道我是谁。"这段恶毒的咒语起了作用,卡波特确实没再写出任何作品,后来死于酗酒。

五大道的白天鹅

卡波特的非虚构小说类作品《冷血》出版后，赢得一片好评，他本人也名利双收，用稿费在曼哈顿联合广场附近买下一套高层公寓，每天俯瞰东河上船来船往，感觉自己总算在美国文坛熬出了头，长舒了一口气。不过孤独很快就来临了，再好的书也有冷落的时候，读者似乎没过两年，就把他遗忘了。他不甘寂寞，想到自己身为小城人，这些年为了跻身纽约名人圈，吃了那么多苦头，不禁怒从心头起，决心再写一本书，也算是对多年屈辱的一种报复。

他给这本书取名叫《应验的祷词》(*Answered Prayers*)，用的依然是非虚构小说手法，描写自己混迹上流社会的所见所闻。1975 年 7 月，卡波特将书中的前四章，用《巴斯克海岸》做题目，在《时尚先生》杂志上发表出来。这"巴斯克海岸"是纽约的一家法国餐馆，也是上流人士的社交场所，纽约的美丽名媛们如葛洛莉娅·范德比尔特、贝比·佩利、斯琳·凯斯、杰奎琳·肯尼迪等等，都是该餐馆的常客。卡波特将她们称作"五大道的白天鹅",用手中的鹅毛笔,将她们身上的洁白羽毛一片片剥去,让世人看见羽毛背后,是吸毒、酗酒、通奸等种种劣迹。

文章发表前,有朋友警告他,说虽然写得隐晦,但知情人一看就知道写的是谁,他将得罪整个纽约,后果很严重。卡波特轻蔑地说不会,她们都是些傻瓜,根本看不出来。他描写一位年轻富婆假装失手,枪杀了自己老迈的银行家丈夫;一位名媛偷情被另一位名媛捉奸在床等等。也许他低估了名媛们的悟性,或者就是想刺激她们,那期杂志一问世,便震惊纽约富人圈。那些被影射的名媛们反应强烈,葛洛莉娅扬言要弄死他,安·伍德沃德服安眠药自尽,贝比·佩利原先患有癌症,不久后病情急剧恶化去世。

卡波特自视很高,认为《应验的祷词》一旦完成,他将成为美国的普鲁斯特。"这本书构思如此奇妙,也只有我才能写得出。"可纽约社交界在读到《巴斯克海岸》后,一致认定他是纽约社交界的"犹大",决定封杀他。尽管卡波特对后果也有所预料,但还是被吓住了,他慌忙离开纽约,在洛杉矶对记者说,文学就是八卦嘛,你不觉得《安娜·卡列尼娜》《包法利夫人》也是八卦吗?他也许忘了,曝光曼哈顿富人圈的秘密,是会招来报应的。

前四章面世后,他被彻底孤立,独自住在长岛的一幢别墅里,1984 年 8 月的一天,忽然心脏病发作,死掉了。《应验的祷词》未画上句号,他的生命却已画上了句号,这次轮到纽约的富人们长舒了一口气。传闻他死前已经完成书稿,但没人见过。卡波特曾经说,小时候住在门罗维尔,邻居家有个小玩伴,整天在院子里挖洞,他问你这是在干吗呀?小玩伴回答说,我要去中国,把这个洞挖通,另一侧就是中国。卡波特说,小伙伴这样挖,也许永远到不了中国,但他至少挖过,我可能永远写不完这本书,但我至少写过。

温情的关爱

　　卡波特童年生活在一个叫 Monroeville 的小镇,译成中文叫门罗维尔,也就是门罗主义的那个门罗,或者门可罗雀的门罗,不过门罗不是唯一的译法,当它是一个漂亮女子的名字,也可以译成梦露。既然在一个叫梦露的地方长大成人,那就注定会被梦露吸引。卡波特在纽约打拼多年,终于做上了电台脱口秀主持人,有资格访谈各界名流,他口舌刁钻,经常戳中听众的笑点,名流们对他是又爱又恨,爱的是他这个平台的影响力,恨的是他口无遮拦,什么都敢问什么都敢说。

　　对什么人说什么话,他当然心中有数,有的名人喜欢端架子,他贬损起来毫不留情,要的就是陷名人于尴尬的那种快感,听众也连呼过瘾,而面对玛丽莲·梦露(Marilyn Monroe,1926—1962),面对娇柔的玛丽莲,他唯有心生爱怜。卡波特个头矮小,在他的照片中,最有名的一张是他与梦露深情共舞,虽然个头只到梦露肩头,但他笑得比桃花更灿烂,然而无论他与梦露如何眉目传情,世人都不会嫉妒,因为大伙儿知道卡波特的性取向。

卡波特对梦露的访谈,丝毫没有触及她的伤心事,只是用委婉的方式询问她与阿瑟·米勒的恋情,彼时她与米勒的恋情尚未公开,但已成为狗仔队追踪的目标。这是一种温情的关怀,充满爱,但与性无关。他以作家的敏锐,捕捉到梦露内心的某种忧伤,她尽管出演了不少影片,但一直未获公众认可,一直被视为好莱坞的性感招牌,而这个定位,她并不喜欢。她也希望如费雯·丽那样,靠知性与才华赢得尊重,而不仅仅只是性感女明星。

卡波特决心为她做点什么,几年后,他专门将自己的小说《蒂凡尼的早餐》改编为电影剧本,为她配制了女主角的戏,认定这个角色非梦露莫属,别人都掌控不住,只可惜梦露深陷与肯尼迪兄弟的恋情不能自拔,生活本身已足够具有戏剧性,她彼时已无心演电影,完全沉浸在做白宫女主人的梦想中。卡波特很无奈,只好将女主角转让给了奥黛丽·赫本。

事实证明赫本也很厉害,她没有挥霍这个机会,凭借对底层女子霍莉的专注把握,获得1962年奥斯卡最佳女主角提名,自己在阳台上演唱的《月亮河》,成为20世纪经典电影歌曲之一。可惜了梦露,辜负了卡波特的一片苦心,若是她能抽身出演这个角色,或许就不会在几个月后去服那么多安眠药。赫本也不乏有心人关爱,那就是时尚设计师纪梵希,他终生为她量体裁衣,用深情守护着这位影坛丽人。

卡夫卡与"犹太房东"

　　历数寂寞的文学大师，卡夫卡（Franz Kafka，1883—1924）无疑是当中最寂寞的一位。他一共写了四十多部短篇和三部长篇，生前只出版过几个短篇集，从未获过什么奖，更没有前呼后拥、索要签名的人生经历。他唯一的文学交流场合，是布拉格的犹太人德语圈，他会在那里向三五好友朗读自己的新作，读到动情处还会哈哈大笑。好友当中有一个叫布罗德（Max Brod，1884—1968）的，卡粉都知道，说卡夫卡不能不说布罗德，也即《卡夫卡传》的作者。世面上的《卡夫卡传》有多种版本，作者也不同，德国人、英国人都有，但最权威的传记当数奥地利人布罗德撰写的这本。

　　作为卡的好友和作品经纪人，布罗德非但未遵循卡的遗嘱将其所有手稿焚烧，反而在卡去世后十年期间，设法陆续整理推出，于是世人才知道世上还有《失踪者》《审判》《城堡》和《绝食艺人》等诸多经典作品。卡的最后女友朵拉也未听劝告销毁手稿，二战期间带着卡的二十多个笔记簿和一箱书信四处逃难,躲过了盖世太保的追捕,后来出版的《卡夫卡书信集》里,相当一部分来自她的收藏。有这么亲近的关系,布罗德的传记当然包含更多第一手资料,也更可信。

布罗德推出的卡氏作品只是一部分, 他手头还有大量卡氏手稿,据说达数千页之多,1968 年布罗德去世,手稿落到女秘书手里,女秘书去世后又转给自己两个女儿。卡粉强烈要求将剩余手稿公开,但姐妹俩不为所动。2008 年,因布罗德曾移民当时的英属巴勒斯坦,以色列国家图书馆起诉两姐妹,声称手稿归犹太民族所有,应该拿出来出版。官司期间妹妹也去世了,但姐姐依旧坚持这是本家族的私有财产。直至 2019 年,卡夫卡手稿才被以色列国家图书馆正式收藏。

再说在布罗德等人的不懈推动下,卡夫卡声名鹊起,终于引起注意。评论家们发现与托尔斯泰、雨果等人的宏大叙事相比, 卡氏作品里都是卑微的小人物, 他们远离国家政治,过着庸碌生活,心灵因压力而扭曲,变成金甲虫或钻地洞的鼹鼠。可正是这种无与伦比的想象力,赋予其作品强劲的穿透力, 穿越整个 20 世纪的暗夜来到如今这个时代,让苟活于现世的人们不得不惊服前辈的敏锐。人们只顾在迷局中慌乱奔走,却没注意到身边早有一只虫子,向世界投来怜悯的目光。

一个世纪过去了,卡氏依旧显得那么前卫,不愧为公认的现代主义文学三先驱之一,另两位是乔伊斯和普鲁斯特。

这位性格内向的商人的儿子，给世人提供了一种崭新的视角，文学从此由繁杂的外在描绘，回归幽微的内心探索。卡父是个生意人，严厉而缺少温情，对儿子细腻的灵魂视而不见，父子从未走进过彼此的内心。卡夫卡给父亲写过一封长信，历数几十年父权给自己造成的痛苦，不过这封信只是写写，他没有勇气交给父亲。如同许多德意志文化熏陶出来的大师，卡氏对感情是很克制的，克制的结果是思想和艺术的提升，尼采、贝多芬、海涅莫不如此。

卡夫卡一生三次订婚两度退婚，始终生活在孤独的内心中，这里面当然也包含了对父亲的恐惧。1912年他结识布罗德的远房亲戚菲丽丝，而后五年两人通信达三百多封，两度订婚又退婚。1920年卡氏爱上了一贫如洗的酒店女招待尤利娅，两人同居并商量婚期，可遭到卡父严词反对。有读者认为，卡氏若能成家过上安宁的中产阶级生活，他那颗动荡不宁的心也许会有归宿。这只是善良的愿望，卡氏本人对自己需要什么、更需要什么非常清楚，他习惯于生活在自我当中，已经建立起完整的灵魂宫殿，尽管这宫殿因为缺少女人而不算完美，可他也深知，并非任何一个女人都能成为玫瑰。

要知道在世俗社会，有的女人貌似玫瑰，实际上没有花朵只有荆棘。他不愿冒这个风险，宁可让寂寞的宫殿空响回音。其实对于卡夫卡的人生结局，卡粉们有过各种设想，美国当代大作家菲利普·罗斯也是卡粉之一，四十岁那年他陷入

卡夫卡

布罗德

人生低谷,对着卡夫卡四十岁时拍的照片,写了篇小说《如果卡夫卡活下来》,假定卡夫卡没死于结核病,又在纳粹统治时期幸免于难,他会成为什么样的人呢?结论很简单,凡夫一个。这小说写的是卡夫卡,同时也有罗斯自己的影子在里面。

在罗斯看来,艺术家是有天命的,艺术家与普通人的区别在于,艺术家遵循内心的愿望而活着,普通人更愿意随遇而安。罗斯也是犹太人,与卡夫卡一样对生命悲剧具有天然的感悟力,他明白肉体的卡夫卡被结核病菌吞噬了,但精神的卡夫卡却透过小虫子的眼睛,审视着后续的历史;反过来如果肉体的卡夫卡活下来,逃过了奥斯维辛,如《失踪者》里的罗斯曼一样,历经千辛万苦来到北美大陆,至多也只是个有钱的犹太房东。我们更需要卡夫卡还是更需要房东?房东有成千上万,卡夫卡只有一个。

嚎叫的所罗门

金斯堡（Allen Ginsberg, 1926—1997）在《嚎叫》的扉页上，注明将此诗献给卡尔·所罗门，那么这个所罗门是何许人呢？通常说他是金斯堡在精神病院认识的一个病友，其实没那么简单。所罗门生于纽约一户有钱人家，从小喜欢文学，二战期间当兵驻守欧洲，接触了法国超现实主义和达达主义，曾在巴黎亲见法国现代派诗人安托南·阿尔托在大庭广众下尖叫朗诵诗歌，这件事深深刺激了他，他从此追随阿尔托，成为街头流浪汉。

阿尔托很快就死了，所罗门回到纽约，加入时报广场一带的黑社会团伙，沉迷于吸毒和偷盗，并结识了垮掉派作家巴勒斯。这伙出生于中产阶级的浪荡子弟，以自我放逐的方式堕落纽约底层，感觉没有清规戒律，这样生活更自在。但是吸毒和偷窃是犯罪行为，所罗门很快被警方抓获。

警方认为一个有钱人家的孩子，不缺吃穿却热衷于小偷小摸，一定是脑子出了问题，于是送他进著名的贝尔维医院做精神病治疗。正是在这家医院的候诊室里，所罗门与金斯堡不期而遇，而金斯堡进来的原因也是盗窃，只不过他不直接偷，而是中转赃物——警方从他居室查获的被盗物品装满了整整一辆车！那是 1949 年的冬天。

如果说所罗门在进精神病院以前，脑子还没问题，那么进去之后经过电疗，脑子真坏了。他会抓一把土豆狂舞，或者如金斯堡描写的："他可以喋喋不休一口气说七十个小时从公园说到坐垫说到酒店说到贝尔维医院说到博物馆说到布鲁克林大桥。"

尽管后人努力想为垮掉派正名，说垮掉派的垮掉只是一种文学追求，但事实上早期的垮掉派文人，以公众的眼光看，生活方式确实是很"垮掉"的。所罗门出院后，依旧生活在狂躁中，不时去公共场合偷东西，比如去咖啡馆偷食物，得手后又在店员面前显摆。他回到精神病院主动要求做脑叶切除术，遭到院方的拒绝。

金斯堡把这一切看在眼里，认为中产阶级家庭富足有余，但精神生活乏味单调，出身于这种家庭的孩子，很容易罹患精神疾病。他写出了《嚎叫》，并题赠给所罗门。多年后，在回答记者提问时，金斯堡承认，他写《嚎叫》时脑子里想到的，更多的是母亲。金母娜阿米是俄罗斯移民，有幻听障碍，一直怀疑被人跟踪，进精神病院做过前脑叶白质切除后，又怀疑被植入了芯片。

金斯堡承认自己因为不忍心直接描写母亲，把长诗题赠给了所罗门，希望转移公众对母亲的注意。他的努力是有效的，有很长一段时间，至少在娜阿米存活的日子里，大家都以为《嚎叫》描写的是所罗门。

所罗门有个叔叔是做出版的，在金斯堡的举荐下，出版了巴勒斯的处女作长篇《瘾君子》。当然所罗门也没白帮这个忙，他自此也成为垮掉派一员，由旧金山的城市之光书局出版了几本书，只不过影响力不大，后人在研究垮掉派文学时，经常会忘记他。所罗门活到1993年。

相遇贝尔维

一个人思维异常,有可能是天才,也有可能是精神病人,两者之间的差别是很微妙的,究竟是天才还是病人,一般人说了不算,得由医生说了算。纽约有一家很有名的精神病院,贝尔维医院(Bellevue Hospital),说它有名当然是因为历史悠久,不过更重要的是,它见证了诸多文学史上的大腕人物,原来读者想要见到大作家,不一定去书店等签售,或去校园等演讲,有时不妨去精神病院碰碰运气,没准也会有惊喜。

先说尤金·奥尼尔(Eugene O'Neill,1888—1953),1936年诺贝尔文学奖得主,其戏剧作品直接影响了曹禺的创作。奥尼尔二十岁那年,认识了一个叫凯瑟琳的年轻姑娘,两人一见钟情,不到一年就结婚了。婚后奥尼尔四处游荡,去了中美洲的洪都拉斯,凯瑟琳催他赶紧回来,说自己要生了。他回家见了一眼新生的儿子,又踏上了旅途,这次去得更远,去了阿根廷。

凯瑟琳忍无可忍,要求他立刻回来否则离婚。奥尼尔倒是不怕夫人的威胁，不过也许是天意吧，他在阿根廷染上恶疾，被迫回美国治疗，寄居在父母家。等他病愈去见夫人，只见到一纸离婚协议，凯瑟琳冷冷地说你来晚了。病痛、困顿再加上婚姻失败，让奥尼尔精神崩溃，他自杀未果，被送进贝尔维。经过痛定思痛的八个月，他决定选择写剧本。这是一个正确的选择，二十四年后，他获得诺贝尔奖。

垮掉派作家巴勒斯，还有他太太琼，也分别进过贝尔维。巴勒斯有暴力倾向，在时报广场与黑帮厮混期间，一次参加斗殴，用大剪刀将对方的手指头剪掉了，被捕后几经辗转进入贝尔维，接受过电击。巴勒斯出院后写出了长篇小说《瘾君子》，但是这人匪气不改，后来在墨西哥城竟然开枪打死了琼，究竟是失手还是有意，迄今是争议的话题。

再就是垮掉派诗人金斯堡，1949年冬天，他因窝藏并转移赃物被捕，由警方送进贝尔维治疗。金斯堡在贝尔维的最大收获，是在候诊室遇见了卡尔·所罗门，这个同样因盗窃入院的年轻人，给他留下深刻印象，以至于若干年后，他写出长诗《嚎叫》，特意在扉页上注明，将此诗献给所罗门。

诺曼·梅勒（Norman Mailer，1923—2007）写过不少好小说，但也有过异常苦闷的日子。1960年，梅勒三十七岁，已经小有名气，为了证明自己在纽约的号召力，他与太太阿黛尔商量，举办一个大型酒会，请上包括市长在内的纽约头面人物。邀请发出去了，但包括市长在内的头面人物一个也没

尤金·奥尼尔

来,倒是来了不少小混混,大家听说有酒喝,哪能不来呢。

梅勒气坏了,只好陪着喝闷酒,后来参与酒客们的群殴,那帮人把酒桌掀翻在地作鸟兽散,独剩下梅勒和阿黛尔面面相觑。阿黛尔发了一通牢骚,本来也没事,可是她忽然说:我看你这人成不了陀思妥耶夫斯基。怎么骂梅勒,他都无所谓,但要贬低他的写作,他可不能接受,这是他的命根子。

梅勒两眼通红,一把揪住阿黛尔的衣襟,往她身上连捅几刀。阿黛尔没死,她放弃起诉梅勒,只是选择了离婚。但是法庭没放过他,判他进贝尔维治疗。梅勒既不关心阿黛尔的死活,也不在乎自己是否坐牢,他只是对法官说:我这辈子无论做什么,人家都认为我是个疯子。他还真是个疯子。

刀下留脑

文学史上的不少诗人，都有精神病史，美国女诗人安妮·塞克斯顿，遇到一位细心的精神病大夫，建议她去写诗，结果她成了位优秀女诗人，那大夫的建议被后人称为"最贴心的处方"。此外自白派的其他诗人如洛威尔、普拉斯等，都长期忍受着精神病的折磨。

金斯堡自己没病，但他有个患精神病的母亲娜阿米，她因参加左翼活动引起联邦调查局注意，老怀疑有人要谋害她，最终进了精神病院，接受前脑叶切除术，后来死在医院里。母亲超乎寻常的想象力传给了金斯堡，他的长诗《祈祷》是写给母亲的悼亡诗。

这里要说的是一位新西兰女作家，珍妮特·弗雷姆（Janet Frame，1924—2004）。珍妮特一家生活在新西兰南岛的一个海滨小镇，她的两个小姐姐分别在海边戏水时被淹死，这给珍妮特的心灵蒙上了阴影。后来她出外求学，因惧怕父兄的暴力倾向拒绝回家，并尝试服药自杀，结果被诊断患有精神分裂症。

珍妮特宁可住精神病院，也不愿回家。她辗转于南岛的多家精神病院，在忍受电击与注射胰岛素等治疗手段的同时，开始写小说，回忆自己的种种可怕经历，当然多半是想象出来的。文学不就是需要想象吗？1951年，珍妮特出版了处女作小说集《环礁湖与其他故事》。

小说出版并没有给她带来快乐，虽然报纸上有不少赞誉的评论，但有一天她看见了一篇负面书评，说她那本书毫无新意，是模仿他人作品的垃圾之作。这段恶毒的文字如刀尖一般扎在她心里，她默默地品味着每一个字，病情迅速恶化。

医院不能见死不救，主治医生决定给珍妮特做前脑叶白质切除术，也就是金斯堡母亲做过的那种手术，那是当时比较先进的治疗方法，将前脑叶切掉一部分，患者因此性情大改，不再陷入癫狂中。发明者莫尼兹因此获得1949年的诺贝尔生理学或医学奖。珍妮特听说自己将接受这一手术，感到非常恐惧。

手术时间已经安排好，只等将病人推进手术室。这是1952年的秋天。就在手术前几天，忽然传来消息，《环礁湖与其他故事》荣获当年的休伯特教堂纪念奖，这是当时新西兰文学最高奖。医院方面闻讯取消了手术，院长对她说："你是什么样，就还是什么样吧。"应该说她遇到了一个好院长。

病院里的另一个女患者，当年接受了前脑叶白质切除手术，病情非但没有好转，反而更加痛苦，依旧到处求医。珍妮特说："她完全变成了另一个人，谁也不认识了，而我还是我自己。"她用小说拯救了她自己，逃过了那把手术刀。

　　珍妮特获奖后，其命运引起社会的关注与同情。弗兰克·萨克森是新西兰名作家，与凯瑟琳·曼斯菲尔德齐名，他把她安排进自己的一处庄园，让她安静写作，她随后写出了长篇小说《猫头鹰在哭泣》。珍妮特后来又写了《父亲与国王之间》《桌子上的天使》等作品，一直活到21世纪。

炫富的诗人

人们一般都喜欢把诗人与贫困潦倒相联系，似乎诗人都是穷困的命，其实不然，一生不缺钱的诗人大有人在。

罗伯特·洛威尔（Robert Lowell，1917—1977）出身豪门，父亲家族是"波士顿婆罗门"之一，是历史悠久的名门望族。母亲这边的温斯洛家族也非等闲之辈，祖上威廉·塞缪尔·约翰逊是美国宪法签署人之一，哥伦比亚大学第三任校长；老祖托马斯·达德利，马萨诸塞州第二任州长，其他还有许多重要的神职人员。两边家族都是"五月花"号上有名有姓的欧洲移民，父家从商致富，母家从政居多，可谓官商结合的典型。

众人都以为在这样的家境长大，一定充满幸福感，其实也未必，先人的业绩可能是荫庇，也可能是阴影，后人如果碌碌无为，很可能"死"在那阴影中。洛威尔一生都不安分，好在他有诗才，诗才救了他的命，也要了他的命。

说起来，虽然洛威尔家族家世显赫，可轮到这个具体的洛威尔,就有些尴尬了,这一支洛威尔并不怎么出色,据说连爷爷究竟是哪个洛威尔都说不清楚。在给一位表亲的信中,他写道:"……至于我爷爷洛威尔,二十多岁就死了,只留下一张照片、圣马可学校墙壁上的一个名字,还有一把大学优秀生联谊会的钥匙。他那时新婚才几个月,我爸还没生呢。似乎如狄更斯说的,我们家族中了魔咒,好多人都死得早。"正是这种不尴不尬刺激了他,既想求得荫庇,又想摆脱阴影,洛威尔一生都在矛盾中挣扎。

洛威尔是文坛上最喜欢炫富的文人之一,家族里的许多大人物,都曾出现在他的诗中,他讴歌父家的赫赫战功,又颂扬母家治国有方,甚至在《我与德弗罗·温斯洛舅舅度过的最后那个下午》这样的伤感诗中,也不忘显摆一下:"这块土地注册时/名叫夏—德—萨/这名字来自外公的孩子们/夏洛特、德弗罗和萨拉/我从未见过有谁死去……/只有辛德,那苏格兰小狗/半身偏瘫只因咬了口蛤蟆。"

说诗歌救了他的命,是指他本无专长,差点就被家族的盛名所湮没,好在会写诗,而且写得很不错,跻身于美国文学史,为家族争了光。说诗歌要了他的命,则指他写诗写到走火入魔,常常有惊世骇俗之举,把家人吓得不轻。其实洛威尔早年就有躁郁症,曾数度进精神病院治疗,五十岁后开始服用抑制躁郁症的锂盐复合剂,这种药可以缓解躁郁,但对心脏损害严重。1977 年 9 月，洛威尔因心脏病突发死在纽约的出租车上,其时他刚获得美国艺术暨文学学会奖,正兴冲冲准备去探望前妻哈维克。

游走于暗夜的女巫

　　卡森·麦卡勒斯（Carson McCullers，1917—1967）跟弗兰纳里·奥康纳一样，通常被归为南方女作家，也跟奥康纳一样，终生饱受病痛的折磨，奥康纳患的是红斑狼疮，常年靠撑拐杖出行，卡森几度中风，三十岁以后接近偏瘫。

　　如果说灵魂痛苦是创作的源泉，那么由身体疾患导致的精神伤痛，则具有更深一层的绝望，那疾患限制了身体的自由，促使人往内心深处去探寻，而那深处往往是孤独而幽暗的，如同独行于荒原，除了野草只有风。《心是孤独的猎手》是卡森的代表作，其内核是一颗孤独的心。小说讲述辛格与安东纳帕洛斯的故事，表面看是一对聋哑朋友，实际上有深长意味，暗示着人与人之间的默契沟通有多么困难。

　　卡森后来结识了《哈泼氏》杂志编辑乔治·戴维斯，在戴维斯的引荐下进入纽约城北的雅豆写作营地，结识了诸多文艺大腕，包括大诗人奥登，作曲家布里顿，黑人作家赖特等，并与卡波特、田纳西·威廉姆斯等人成为朋友，创作上更是突飞猛进,连续写出长篇小说《黄金眼睛的映像》《婚礼的成员》和中篇小说《伤心咖啡馆之歌》,奠定了她在美国文坛的地位。不过很不幸的是,与此同时,她的健康每况愈下。

每一位出色的作家都有其特殊性,曾有人用"毁灭性"三个字总结卡森其人其文,其人当然是指她不幸的一生,才华横溢却命途多舛,其文则是指她的小说具有杀伤力,貌似平静的文字中暗藏涌流,稍不留神就会被她的叙述卷进去,在暗夜中彷徨,品味灵魂的哀伤。她的文学仰慕者众多,当中不乏优秀的作家,如田纳西·威廉姆斯、戈尔·维达尔,以及英国作家格雷厄姆·格林等,以男作家居多。

但并非所有人都喜欢她,同样是身患重病的女作家,奥康纳评价卡森的《没有指针的钟》是"我所读过的最糟糕的小说"。坦率地说,仅就文学而言,同样面对命运的不公,奥康纳的叙述要显得更加平静而不露声色。另一个女作家安·波特则说,无论卡森出现在哪儿,都会带来一股肃杀之气。卡森的挚友沃尔登希望后人为卡森作传时,不要给她插上六翼翅膀描写为天使,"因为她不是天使,是女巫"。

卡森最后的作品叫《神启与夜之光》。在她生命的最后岁月,她遇到精神病女大夫梅瑟。梅大夫起初只是把她当普通病人,后来被其言谈所征服,两人遂成密友。梅鼓励卡森写回忆录,卡森也很愿意写,曾表示回忆录不仅对她自己有意义,对后代读者也有意义,方便他们"更好地理解我的那些小说"。不过在又一次中风后，她彻底失去了写作能力，最终未能如愿。梅大夫 2013 年去世，临终时将大量卡森的书信与手稿捐献给佐治亚州的哥伦布州立大学，如今该校收藏的卡森资料踞全美各校之冠。

麦卡勒斯这个姓

说起卡森·麦卡勒斯，自然离不开一个人，里夫斯·麦卡勒斯。里夫斯相貌堂堂，是个退役军人，也喜欢写作，不过只是喜欢而已，没有什么作品存世。1937年，卡森刚满二十岁，与里夫斯在南方相识并结婚，婚后不久一起前往纽约。

这个略带羞涩的佐治亚姑娘，带着一口南方口音走进了纽约文学圈，她喜欢短装穿戴，打扮成女汉子的样子，与大伙儿开心逗乐，这让保守的里夫斯不习惯，劝阻也不管用，两人开始出现裂痕。更要命的是，她还爱上了喝酒——酒瘾伴随了她一生，经常喝得醉醺醺的，似乎很享受欢快的波希米亚生活方式。

里夫斯很郁闷，又无法影响她，决定与她分居。分居不久又眷恋不舍，两人重归于好，这样分分合合好几次。就在婚姻来回拉锯的过程中，卡森的命运发生了改变。1940年，她出版了第一部长篇小说《心是孤独的猎手》，小说强烈震撼了美国文坛，连续数周高踞畅销书榜首。那年她才二十三岁。

《心》的成功，让卡森通向文学殿堂的路一下豁然开朗，可就在这时，里夫斯提出离婚。评论家们认为，里夫斯选择离婚的一个重要原因，恰恰是卡森的成功，他是卡森的第一读者，深知妻子的写作功力有多深厚，这功力是他终生努力也望尘莫及的，这让他沮丧。男人都有英雄情结，里夫斯不愿做庸常之辈，他重新入伍去了欧洲战场。

里夫斯并没有忘记卡森，他虽然是个军人，但有一颗多愁善感的心，一直牵挂着卡森，她的影子在他心中始终挥之不去。两人又开始恢复通信。1945年，也就是离婚四年后，里夫斯从战场归来，与卡森复婚。关于这次复婚，卡森在回忆录里写道："不知道为什么，我觉得自己对他有一份忠诚，也许仅仅是因为他是我唯一吻过的男人，总有一分怜爱。"

不久后，卡森再次中风，这次左半身完全瘫痪，之后又不慎摔了一跤，导致手腕骨折。命运再次把她置于绝境，她的活动范围除了病床，只剩下轮椅。面对如此恶劣的人生际遇，卡森还能扛，但里夫斯扛不住了，他开始酗酒，谈论自杀，甚至谈论双双自杀。

一次，两人开车去巴黎近郊的森林，卡森偶然回头，看见车后座有两根粗绳子，吓了一跳，连忙催促他掉头回家。1953年，里夫斯说服卡森，与他同时在酒店自杀，卡森答应了，但在最后一刻，求生的意志最终战胜了死亡念头，她临

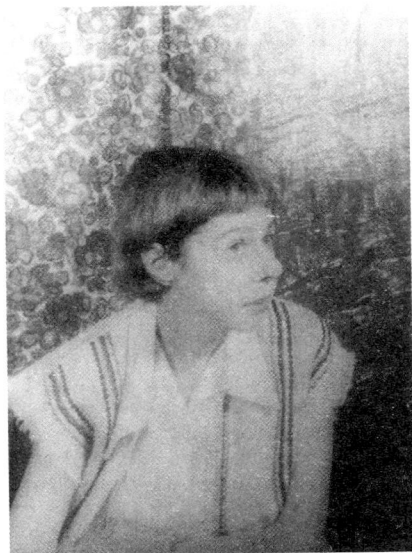

卡森·麦卡勒斯

时找了个理由出走,里夫斯则服用过量巴比妥,如一阵凉风飘然西去。

对于里夫斯的死,卡森是有歉疚的,她知道他之所以这样做,很大程度上是因为他有无力感,无法拯救她。他无法拯救她的身体,而她无法拯救他的灵魂,只能尊重他的选择。里夫斯走了,她更寂寞了。她一直认为,虽说里夫斯的文学造诣不算多么深厚,但他对她的爱,尤其是早年在纽约闯荡时,他对她的支持与鼓励,是她终生难以忘怀的。要不是因为生活中有里夫斯,她不会有后来的成就,为此她一直很珍惜麦卡勒斯这个姓。

王尔德与美少年

王尔德（Oscar Wilde，1854—1900）家境很富有，太太康斯坦丝是律师的女儿，夫妇俩生了两个儿子，过着平和的日子。但自从王尔德见到阿尔弗雷德·道格拉斯（Lord Alfred Douglas，1870—1945），一切都变了，王尔德的文风变了，命运也发生了改变。

19 世纪末 20 世纪初的欧洲，诗歌界有一支小流派，叫乌拉尼亚诗派（Uranian Poetry），声称表达的是男性身体里纤弱细腻的女性情感。阿尔弗雷德·道格拉斯绰号波西，是乌拉尼亚诗派的重要一员，他出身于贵族世家，长得白白净净，十足一美少年，诗也写得不错，是王尔德的粉丝，曾把王的法文剧作《莎乐美》译成英文，与王认识时，正在牛津上大学，那年王尔德四十六岁。波西漂亮而任性，而王尔德个头高大，在两人相处的过程中，波西扮演的自然是被娇宠的角色，经常向王尔德撒娇要钱去赌博，要不到就发脾气，而王尔德偏偏就好这一口，任波西怎么发作，两人都不离不弃，当中也有短暂的分离,但每次都是王尔德妥协,两人又重归于好。

1891年10月,王尔德带着一家人,来到伦敦以南的海滨城市布莱顿度假,这里气候温暖,景色宜人,是写作的好地方。他一边写作《不可儿戏》,一边想念着波西,这时他与波西已交往四年,心中时时都有牵挂。想波西,波西就来了,波西还挺招孩子喜欢的,领着孩子在海边嬉闹。但这一回,康斯坦丝再也无法忍受了,她早就对丈夫与波西的关系有所察觉,一直忍着,此刻她要王尔德做出选择,要么跟她和孩子们一道回伦敦,要么她们母子三个回伦敦,随他与波西怎么混。

王尔德选择了后者,他宁可舍弃妻儿,也舍不下波西!于是康斯坦丝带着孩子永远离开了他,还改掉了姓氏。接下来的日子,对王尔德而言可谓暗无天日,两人住在布莱顿的酒店里,他宠爱着波西,波西却并不珍惜,那时正闹流感,波西生病了,王尔德在床前整整守候了一礼拜,等到波西痊愈,他自己病倒了,波西问他要了钱,便一走了之,根本不愿看护他。王尔德很绝望,心想走了也好,从此自己可以过清静日子,可话是这么说,吃早餐时他拿起报纸,忽然看见上面有一则讣告,波西的大哥死了。

一想到波西正伤心呢,王尔德的心一下就软了,他连忙找到波西请求和好,对他有求必应,要做其保护人。可是没

王尔德

阿尔弗雷德·道格拉斯

过多久,两人的暧昧关系被波西的父亲,也就是侯爵大人发现了,侯爵大怒,给儿子发电报,牛津的学位别拿了,给我立刻回来!波西回电仅一句:"可笑不自量。"父亲毕竟是父亲,有招对付王尔德这种老男人,上法院起诉王"有伤风化",结果老王被判有罪,坐了两年牢。为了波西,老王也蛮拼的,丢了名声,毁了家庭,耽误了创作,还蹲监狱。王尔德出狱后身心俱疲,三年后死于巴黎,去世时波西并不在身边。

象牙手杖

　　王尔德因为与美少年波西的关系，被法院判决"有伤风化"坐了两年牢，出狱后来到巴黎，境况很不好。说他境况不好有两层意思，一指他没钱，他过惯了阔绰的日子，来巴黎后也不例外，住进玛索里耶大酒店，结果没多久就因拖欠房租被扫地出门，换了一家廉价小客栈。二指他心境不好，一点写作的欲望也没有，他在给朋友的信中这样说：我曾经如此生机勃勃，可如今那一页翻过去了，我跟死了差不多，真想一头撞进停尸间，出了牢房才发现，刑期刚刚开始。

　　他独自住在蒙马特尔的小客栈里，每天睡到很晚，起床后就喝酒，什么酒都喝，蛋黄酒、白兰地、苦艾酒，"苦艾酒色泽美丽，那是日落的颜色"。他也不是不想写作，在给另一位朋友的信，他说梦见自己死后到天堂，一个天使抱着一大堆书在门口拦住他，说王尔德先生，你怎么就来了，还有这么多书你没写呢！

　　王尔德是如此落魄，又如此沉迷于喝酒，一次在一家路

101

边酒吧门口坐了整整一晚,原因是喝了人家的酒,但没钱付账。他也曾经是文学青年的偶像,有过被众人簇拥的辉煌,可现在穷困潦倒,所有人都躲着他,怕他开口借钱。

1899年11月的一天,一个叫福特的英国年轻人路过蒙马特尔,看见王尔德醉醺醺的,坐在一家歌舞厅门口,手里握着一根象牙手杖,那是一位旧日情人留给他的信物,也是他唯一的财富。福特知道那家歌舞厅臭名昭著,老板是个黑社会头目,担心王尔德的手杖会被骗走,于是走上前去,搀扶着王尔德离开。那年福特二十五岁,王尔德已年满四十五岁。

蒙马特尔就是这样一个地方,二十五岁的年轻人,稍不留神就会遇到自己的偶像。二十五岁的塞林格在这里遇到了五十岁的海明威,海明威二十五岁那年,在这里遇到五十岁的福特。福特是谁呢,了解英国文学史的读者知道,要数20世纪上半叶英国最有名的文学编辑,非福特·马多克斯·福特(Ford Madox Ford,1873—1939)莫属。

福特也写小说,写得也还不错,代表作是长篇小说《好兵》,不是《好兵帅克》,那是捷克作家哈谢克的幽默作品。福特的《好兵》讲述的是士兵阿什伯纳姆的人生悲剧,时间设置在一战前,现代主义技巧运用得十分娴熟,被誉为英国现代主义小说力作之一。不过作家福特的名声,不如编辑福特,作为英国重要文学评论杂志《跨大西洋评论》的大编辑,

福特·马多克斯·福特

福特在大西洋两岸文学圈声名显赫，大小作家都以获得他的评论为荣。当然这是后话。

据福特说，他年轻时在蒙马特尔见到酒醉的王尔德不止一次，每次都护送他回小客栈，为的是防备他丢失那根宝贝手杖。"他身无分文，而我只是个穷学生，也没什么钱，只是陪伴他走过蒙马特尔一条条昏暗的街道。他一路无言，偶尔嘟哝几句什么，我也听不懂，行走时似乎腿部不适，就靠那根昂贵的手杖助他前行。"一年后，王尔德在贫病交加中去世。福特晚年最喜欢讲述这段经历，以此勉励青年人，成名后要爱惜自己的羽毛。

小木屋

　　佛罗里达作为美国最温暖的南方州，素来为文人雅士喜爱，那里最有名的，当数海明威在佛州南端西钥匙岛的故居，海在那间屋子里完成了一生中最重要的几部小说。除了海明威，还有凯鲁亚克（Jack Kerouac，1922—1969）。1957年年底，凯在即将完成《在路上》时，忽然离开纽约前往佛州城市奥兰多。他在奥兰多学院公园附近租了一套房子，安顿好母亲，在完成《在路上》结尾部分的同时，开始写作另一部半自传长篇《达摩流浪者》。

　　如果说《在路上》挥洒的是青春与激情，那么《达摩流浪者》就开始进入冥想与沉思。凯鲁亚克把这本书题献给中国唐代诗僧寒山，书中也多次引用禅诗，试图借助东方禅意，对抗物欲横流的西方现代文明。如同写作《在路上》一样，他准备了一卷十英尺长的卷筒纸，用十二天时间一鼓作气将小说完成。凯鲁亚克在奥兰多逗留的时间并不长，只有三个月，但在这里完成了他一生中最重要的两部作品，奠定了自己在美国文学史上的地位。

所谓文学地位，是后世学者的说法，在当时的旁观者看来，他不过是个穿着随意的散漫青年。奥兰多有许多文艺酒吧，聚集了大批酷爱音乐与诗歌朗诵的文青，这种传统一直延续至今。一位凯鲁亚克当时的邻居回忆说："他是个纯粹的作家，除了写作就照顾母亲，偶尔去夜店喝喝酒。"凯氏母子离开后，大家也逐渐把他遗忘，直到20世纪90年代中期，随着垮掉派文学重新走红，奥兰多公众忽然又想起了凯鲁亚克。

1996年，由一位本地电视台记者基林牵头，奥兰多成立了一家非营利组织，集资将凯鲁亚克住过的那栋白色平房买下来，并按原样重新油漆装修，辟为凯鲁亚克纪念馆。作家的故居都不是什么豪宅，爱伦·坡在纽约北部的居所，梭罗在瓦尔登湖畔的隐居地，都是小木屋。凯鲁亚克住过的这栋房子也不大，位于克劳泽大街与林荫道交汇处，除了免费开放给游人，每年还分春夏秋冬四季，分别招聘四位作家留住写作三个月，如今已有世界各国八十多名作家前往应聘。应聘的作家倒也未必都赞同垮掉派观点，只是想住进凯鲁亚克住过的屋子，亲身体验大作家的日常感受，或许可以从中找到创作灵感，完善自己的作品。

基林对自己的所作所为颇为得意，他回忆说当初只是想写篇纪念文章，后来萌生出寻找故居的念头。刚找到这儿

凯鲁亚克

时,周遭一片荒芜,房子破败不堪,墙砖随时会脱落,后门轻轻一碰就倒了,而今经过全社区居民的努力,凯氏故居已面目一新,参天的大榕树盘根错节,阳光穿过垂落的气根,在白色的房子上洒下斑驳的光影,加上修整了周围的花园,环境整洁优美, 给这座盛产橘橙的城市, 增添了一道文学风景。"我就是想让大家知道,我们奥兰多,也是有历史的。"基林说。

名编珀金斯

　　说起 20 世纪的英语文学名编，可以数出两个人，一个是大诗人庞德，另一个是珀金斯（Maxwell Perkins，1884—1947）。庞德栽培了乔伊斯和女诗人希尔达·杜利特尔等，珀金斯则扶持了菲茨杰拉德和海明威。珀金斯这个名字，公众并不熟悉，哪怕偶尔见到也不以为意，但在那些有志于文学创作的年轻人眼中，他声名显赫，举足轻重，可以决定一个人的文学生命，他就是神。他有一双慧眼，可以看清芸芸众生中谁是天才。

　　20 世纪 20 年代的美国文坛，是菲茨杰拉德的天下，他用华丽的笔触描述一代美国人的颓靡与困惑，赢得大量文学拥趸，英语世界的读者无人不知菲茨杰拉德。相形之下，海明威没什么名气，别说跟菲氏比，就是舍伍德·安德森也比他有名，安德森如今文学地位不高，但在当时可是个名作家，以短篇小说集《小城畸人》享誉天下。海明威虽然也写过一些很不错的短篇小说，但还没有成名作，一个作家如果没

109

有成名作,显然算不上大作家。

海明威自己也深知这一点,他从 1925 年开始发奋创作长篇小说,不久写出了《太阳照常升起》。小说是写出来了,但要得到认可还有很长的路,这时候菲茨杰拉德介绍他去认识一个人,就是珀金斯。海明威一开始对珀金斯并不信任,只是把一些杂碎的稿子寄给他,也没抱太大希望。不想珀金斯有一种独特的文学嗅觉,稿子虽然零乱,但他被里面硬朗的文字所吸引,在客气退稿的同时,问海明威还有别的书稿吗?如果有,不妨给他看看。

奇怪的是海明威没有答复,这让珀金斯略感意外,要知道一般作者能接到他的亲笔回复,手都会发抖,可是海明威居然不理睬。原来海明威倒也没那么清高,他携妻哈德莉去了一趟欧洲。巴黎的冬天阴冷潮湿,有钱人纷纷南下避寒去了,这时候他来到左岸,先后拜见斯坦因夫人、莎翁书店女老板比奇,还有包括乔伊斯、安德森在内的一大批文坛巨擘,以此拓展自己的视野,等回到纽约见珀金斯手书,不禁大喜过望。

于是书稿《太阳照常升起》被送到珀金斯手中。海明威独到的文学手法迷住了他,短促的句式,新颖的比喻,惊心动魄的西班牙斗牛场面,都很合他的胃口。可是问题也出来了,就是用词粗俗。当时坊间有一种传言,说珀金斯接手了一只烫山芋,海明威的描写太粗鄙,比如骂女人是母狗,而

110

珀金斯

且骂的还是书中的女主人公等等。传言并非空穴来风，珀金斯确实为书中那些低俗词语感到头疼。

珀金斯承认小说很不错，这些用词也恰如其分，可如果原样印出来，公众一定哗然。怎么对付这些脏字呢？他苦思冥想，把这几个字写在办公桌的台历上。不巧被公司老板看见了，老板说你老兄这是怎么了，连这种事都要写下来提醒自己？事情以海明威愿意修改润色终告解决，珀金斯以为海会像小说主人公一样倔强，不想海很配合，在逐字修订后，1926年10月，《太阳照常升起》在纽约面世，三个月内重印五次。

名编麦氏

美国小说家要想成名,得过《纽约人》杂志这道坎,尤其是写短篇小说的,能在这家杂志上发表五六个短篇,基本上就功成名就了。威廉·麦克斯韦尔(William Maxwell,1908—2000)是《纽约人》杂志的小说编辑,从 1936 年到 1975 年,一做就是四十年,经他的手提携成名的作家不计其数,比如塞林格、辛格、纳博科夫、厄普戴克等人,都是美国文坛的短篇高手。

麦氏自己也写小说,写得也不错,获得过国家图书奖、马克·吐温奖等荣誉,只是他作为《纽约人》名编的光芒,盖过了他的小说,一般人只记得他是大编辑。大编辑有大编辑的派头,这个头发稀疏的男人,声音不高但言辞锐利幽默,几句话就能说破作者的创作窘境,如麦氏咖啡一般让人回味,作家们对他爱恨交加,爱是因为景仰,恨是因为他总能切中要害,一点情面也不留。

大作家约翰·契弗在世时,与麦克斯韦尔多有交往,他儿子小契弗也是作家,儿子回忆说,父子俩经常去拜访麦氏，"他(麦氏)不是那种话多的人，非常非常沉静，聊天时哪怕就是停顿，也比我们说话有意思"。塞林格当初写完《麦田里的守望者》后，抱着稿子直接敲开麦氏家大门，站在客厅里，一字一句念给他听。

麦氏一生都为《纽约人》效力，他不但忠于文学，也忠于爱情，娶了漂亮的同行艾米莉做太太，艾米莉为杂志撰写儿童文学评论，同时还是个出色的画家。两人生育了两个女儿，婚姻延续了五十五年，2000年7月中旬，艾米莉先行一步去世了，八天后麦氏追寻而去，与太太一道去了天国。

麦氏的编辑艺术可谓匠心独运。1942年，他结识了女作家韦尔蒂，很看好她的短篇小说，不过他很耐心，没有急于让她上《纽约人》，而是密切关注她的写作。20世纪40年代是韦尔蒂创作的高峰期，先后出版了《绿帘子》(1941)、《宽阔的网与其他故事》(1943)、《来自西班牙的音乐》(1948)和《金苹果》(1949)等四部短篇小说集。1951年，麦氏觉得韦尔蒂成熟了，只差一把力举荐，他一口气发表了她的六个短篇，果然效果非凡，韦尔蒂一跃成为举世瞩目的短篇大家，以妖娆的步态登上美国文坛。

韦尔蒂自然很感激麦氏慧眼识珠，一次闲聊时，她回忆起自己与《纽约人》的因缘，说二十多年前，也就是1933年，她当时二十三岁，刚走出校门，曾给杂志社投过一封求职信，结果石沉大海。韦尔蒂只是随口说说，但麦克斯韦尔很

认真,他回去后仔细翻检,还真找到了那封信。韦尔蒂为了求职,显然是花了点心思的,她在信中写道:

"我也知道,对贵社而言,当然更欢迎精巧的稿子,而不是求职者,可是一般情况下,人们总是得不到更想要的东西,对吧?我从密西西比来,那是全国最落后的地方,在纽约待了俩礼拜,看了不少画展和电影,感觉可以对它们评头论足一番,我已经攒足了字眼,想好好损损马蒂斯……我真的很想为贵社工作,要是贵社无法全职招聘,我哪怕早晚工作也愿意,做奴隶都愿意,况且我还会画一点画……"

麦氏看过信后,给韦尔蒂打了个电话,只有一句话:"可惜那时我还没进《纽约人》。"

从军与从文

每个少年都有英雄梦,爱伦·坡(Edgar Allan Poe,1809—1849)也不例外。1826年,十七岁的坡因为在大学校园聚赌,被养父勒令回到里士满家中,整天闷闷不乐,老担心大学同学来催他还债。才上了不到一个学期的课,他竟然欠下两千多美元,让养父火冒三丈,发誓一分钱也不会为他还,让他自己出去挣钱,看看挣钱有多难。

更让他心烦意乱的是,上大学前认识的初恋女友爱弥拉,由其父母做主许配给了一个富商,那家人很精明,知道坡与养父关系不好,以后得不到多少遗产,见坡灰溜溜回家,就把女儿藏了起来,根本不让这对年轻人见面。坡整天无所事事,前途一片灰暗,情急之下做出一个大胆的决定。

他自幼喜欢写诗,平日最崇拜的诗人是拜伦。拜伦出身贵族,天生跛足,但异常矫健,爱好骑马、游泳和拳击,彼时希腊人要求独立,遭到奥斯曼帝国武力镇压,拜伦倾其家产购置了一艘军舰,组建义勇军前往希腊助战,不料病逝于军中,留下遗嘱将剩余财富全部捐给希腊义军。

坡被拜伦的气概深深感染,想离家投奔希腊义军。他把这个想法告诉小伙伴艾本奈滋,小艾欣然答应,愿意跟他一同出走。坡生性内秀,话不多,小艾是他少有的几个朋友之一,两人曾躺在詹姆斯河畔的草地上,阅读《鲁滨逊漂流记》,沉迷于对异国他乡的无限神往。然而在约定出走那天,小艾竟然没露面,这个小伙伴胆怯了,临时改变了主意。小艾的背叛打乱了坡的计划,他非常失望。这是他第一次未遂的英雄梦。

第二次是五年后,1831 年的夏天。这五年期间,坡经历了太多的磨难,先是去波士顿打工,实在无法谋生,就投笔从戎,加入了海军陆战队,被派往南方驻守海岛,随后因出众的诗才被上司赏识,推荐他就读西点军校,又因为错过了报名时间,军校通知他第二年再来,他只好在家等待一年。

对于一个身无分文的年轻人,一年的等待是很漫长的,他虽然努力写作,但收入太少,根本养活不了自己,于是他又捡起了那个英雄梦,这次想去波兰。波兰人从 1830 年开始,发动争取独立的大规模武装起义,并占领了华沙,但遭到沙俄帝国的残酷围剿,俄国人从国内调来大批军队,战事十分胶着,从春天打到夏天未分胜负。有了上回的教训,坡这次做了精心准备,甚至写下遗嘱,表明此去生死未卜,如有意外发生,望各位亲人原谅云云。

就在他准备远行之际,忽然传来令人心碎的消息,华沙陷落了!起义军全军覆没,守城将军索文斯基战死,包括肖邦、密茨凯维奇在内的一大批波兰文化精英流亡西欧。坡闻讯大恸,黯然放弃了远走的念头。他也许并不知道,每个人都有自己的宿命,命运给他开通的不是英雄的荆棘路,而是诗歌的后花园,他注定要经历的不是疆场厮杀,而是内心搏斗,内心的战争同样很惨烈,也同样可以造就英雄。

密码怪人

爱伦·坡长年醉心于密码学，花了很多时间精力探究密码的构成，《金甲虫》代表了他的研究成果。小说讲述如何破译羊皮上的密码，地点设在他当兵时驻守过的苏里文岛，那里相传是大盗基德死前藏宝的地方。这篇小说后来多次被拍成电影，赚足了观众的钞票。

坡对密码学的浓厚兴趣，可以追溯到1840年的一则社会新闻。那年他主编《格雷厄姆杂志》，曾在杂志上刊登启事，悬赏征求各种密码，表示如有谁寄来的密码他无法破解，即给予奖金。半年后，坡声称总共收到一百多组密码，除了两组外，其余的全被他破解了。

那两组未解的密码，据说是由一个叫泰勒的怪人寄来的，坡把它们刊登出来，表示自己确实无法解开，征求高手来帮忙。可是一百年过去了，居然无人能解。直到1992年，伊利诺伊大学的一位教授沃伦，才解开了第一组密码，原来出自英国作家艾迪森的剧本《卡图》，卡图是古罗马的一位哲学家。第一个谜团解开了,但第二个谜迟迟无解。

20世纪末,有热心人为此建了个网站,向世界各地的高人发出邀请。2000年,终于出现了解谜人,一个居住在加拿大多伦多,名叫柏罗扎的软件工程师借助电脑分析,发现原来的谜面有少许误拼,纠正后最终找到了谜底,原来是一节小说段落,但那小说出自何方,却遍查无影。

两组密码终于都破解了,接下来的问题是,那个怪人泰勒是谁呢,居然设计出这么复杂的密码,连大脑门的坡都被他难住?爱伦·坡专家罗森海姆经过研究,得出惊人结论,那个设置这些密码的人,就是坡自己!

原来所谓的泰勒,是暗示时任美国总统,辉格党人泰勒。坡当时生活拮据,想进政府机构谋个差事,就声称自己已加入辉格党,请朋友托马斯帮个忙。托马斯是坡的忠粉,很同情他的境遇,答应中间牵线,介绍坡与泰勒的公子认识,由小泰勒出面,推荐坡进费城海关工作,那工作虽说平庸,但薪水还是很高的,是老百姓眼中的肥差。

坡平日万事不求人,好不容易开个口,就有贵人相助,当然是件好事,可在约定见面那天,坡竟然没来。小泰勒左等右等不见人,只好怏怏离开,托马斯在一旁也只能叹息。这个脑子里只有诗的男人,每次面对人生的交叉路口,都会放弃众人眼中的阳关道,选择逼仄的独木桥。

事后坡跟托马斯道歉,说自己那天生病了。可一切都晚

爱伦·坡

了,他已失去信用,小泰勒不愿再帮他。托马斯相信坡那天并非生病,他是个酒鬼,一定是喝得醉醺醺的,早把谋职的事忘到了九霄云外。公务员当不成,坡一肚子郁闷无处发泄,只好拿泰勒这个名字开涮,小小地报复一下。

如果此事属实,可见坡把玩文字的能力有多高强,后人要过一百多年,才能揭晓当中的奥秘。至于坡在作品中报复了多少心目中的小人恶人,我们也无从知晓,想来一定也不少。当然罗森海姆只是大胆假设,泰勒与坡究竟是不是同一人,还没有得到最终确认。

美貌之诱惑

当年爱伦·坡主编《百老汇杂志》，认识了美貌少妇奥斯古德夫人，奥夫人喜欢写诗，非常崇拜坡的诗才，时常登门求教坡，可以说是坡的忠实粉丝。

不过这并不重要，坡的女粉丝多得很，东海岸的各个文学沙龙里都有，一屋一屋的女文青，问题是奥夫人是美丽的女粉丝，这就不一样了。她喜欢往坡面前一坐，仰脸望着他，睁着一双无辜大眼。换了别人早就魂不守舍了，坡还算有定力，但内心的天平已开始摇晃，不但帮她发表诗作，还热情洋溢地为她写诗评，称她是最优秀的女诗人。

平心而论，奥夫人的诗并没有那么好，是她的容貌搅乱了坡的心，让他以为她的诗跟她的蓝眼睛一样漂亮。优秀的女诗人也不是没有，比如同时代的爱丽特，在当时的美国诗坛都有一席之地。可爱丽特长得不太好看，脸孔轮廓分明不说，身板也很结实，自然不符合男人的审美。不太好看也就不被看好，她在情场上吃尽了苦头，用这些苦头熬制出来的诗,沉甸甸的,充满了生命的忧伤和苦涩,远比奥夫人的甜美爱情诗更有分量。

　　爱丽特也是坡的粉丝,也经常登门求教,坡承认她对诗歌的理解有深度,但也仅此而已,并不想与她深交。他帮她发表了一些作品,但她并不满足,一次在坡的书房,看见坡把奥夫人的情书置于案头,不禁醋意大发。她不能容忍坡对奥夫人的态度,觉得如此浅薄的奥夫人怎能与自己相比,试图与奥夫人争宠。这就悲催了,才华横溢的爱丽特终究不敌貌美如花的奥夫人,被坡撵出了"师门"。

　　大诗人庞德(Ezra Pound,1885—1972)也当过编辑,20世纪初逗留伦敦期间,他遇见了由费城而来的女诗人希尔达·杜丽特尔,简称H.D.,被她深深吸引,说是怜惜她的才华,其实是迷恋她的颜值。杜丽特尔正值青春年华,痴迷于诗歌创作,写了一大堆作品拿给庞德看,换了其他作者,庞德才没那份闲心呢,早扔一边去了。

　　可面前的这女子是个美人儿,往他面前一站,是如此风采照人,庞德一时如沐春风,竟然激发出无穷的想象力。他坐在大英博物馆旁的一间咖啡厅里,一杯杯喝着苏门答腊浓咖啡,硬是将她那乱麻般的诗稿梳理出一个个卓然意象,自此世上新增加了一种现代主义诗歌流派,叫意象派。庞大编辑的文字功夫如此了得,让恃才傲物的杜丽特尔大为叹服。

　　故事没有完,庞德费了这么大的劲,成全了杜丽特尔的文学梦,当然也是希望有所回报的。他郑重向她求婚。杜丽特尔也不反对,只是感觉少那么一点激情,她欣赏他的诗才,但那不是男女之悦,只是师生情谊,如果说有那么一点爱,也只是怜爱。最激烈的反对来自她的父亲,父亲觉得女儿好不容易出落成一朵花,怎能落到这种文学骗子手里,直接骂庞德是个流浪汉。

庞德见状也很无奈,谁让自己家境清贫,还长得老相呢,年纪尚轻就满脸沧桑。说实话庞德这一生都不怎么有钱,关键是他没把心思花在挣钱上,哪怕日后诗名如日中天,成为20世纪的大诗人,他也没成为巨富。他对杜丽特尔可谓尽心尽责,把她介绍给自己的朋友,另一位青年诗人,出身豪门、高大俊朗的理查德·奥尔丁顿。她一见面就喜欢上了他,奥公子当然也喜欢杜美人,两人一拍即合,双双对对把诗写。

不过诗人嘛,总会有劳燕分飞的那一天,灵感没了,缘分也就尽了,几年后奥尔丁顿提出分手。杜丽特尔是真的喜欢奥,分手后还恋恋不舍,无非是因为奥公子长得帅,帅是一种魅惑,足以让女人为之癫狂。她后来让自己的女儿用上了奥尔丁顿的姓氏,孩子的生父死于一战。

杜丽特尔没有嫁给庞德,但终生感谢他的栽培,几十年过后,奥尔丁顿和杜丽特尔这两个名字,分别载入了英美两国的诗歌史,当然名气还是不如庞德,毕竟姜还是老的辣,世人公认庞德是意象派鼻祖,奥、杜是他的追随者。

贵人

大名鼎鼎的乔伊斯，成名前只是个普通作家，写了本短篇小说集《都柏林人》，描写都柏林老百姓的市井生活，都是些琐碎的鸡毛小事，比如房东女儿与租客调情，从英国回来的老同学喝酒吹牛等，这样的小说集自然是不挣钱的，根本没人要。

乔伊斯眼见出书无望，心想我老老实实写，你们看不上，索性放开些，让你们见识见识什么叫惊世骇俗，于是他写出了"天书"《尤利西斯》。胆儿再大也得有人赏识才行，《尤》在英美遭抵制，却在巴黎遇到贵人，名叫西尔维娅·比奇（Sylvia Beach，1887—1962）。

熟悉英美文学的读者都知道，这是个在法国开英文书店的美国女人。她开的书店在巴黎左岸，叫莎士比亚书店，一看店名就知道是家文艺书店，所谓书店除了卖书，也出书，出的也是文艺书。乔伊斯经常出入莎翁书店，与比奇逐渐相熟。

比奇见乔伊斯遭遇困境,决心倾囊相助,帮他把那本天书给出了。她不惜亏损印了几百本,分送给巴黎的评论家,结果出乎意料,得到很高的评价。

比奇喜欢的是书店合伙人莫尼埃,对学究气十足的乔伊斯本人并无兴趣,她出版《尤》完全是出于对文学的敬意,只是乔伊斯有些忘恩负义,眼见《尤》日渐好卖,他竟然趁合同到期,授权另一家出版社再版,结果别人得利了,比奇负债累累,过了好几年才把债务还清,可谓有负于女贵人的善心。

比奇是真的爱文学,海明威的处女作《三个故事与十首诗》,也是经她慧眼识珠出资印刷的,说她是女贵人女伯乐,都不为过。乔伊斯成名后,平庸的《都柏林人》一跃成为经典,出版社抢着要。

另一位贵人阿娜伊斯·宁(Anaïs Nin,1903—1977)就不一样了,这个西班牙美人风情万种,面对才华横溢的大作家,不仅以钱相助,还愿意以身相许,生前与诸多大文人有绯闻,死后留下洋洋七大卷日记,对见识过的男人逐一点评。

在她的花名册上,斯坦贝克、维达尔、威尔逊等都赫然在列,却独独把最爱的亨利·米勒给藏了起来。我们以为读完一本日记,相当于看完了人的一生,殊不知作者把自己的灵魂,托放在大海深处,留给外人津津乐道的,只是几朵小小的浪花。

说巴黎是文学之都艺术之都，是有一定道理的，我们见过各国文人在巴黎走红，却鲜见法国人在伦敦或纽约成名，这得益于法国人的开放。阿娜伊斯·宁与亨利·米勒，这两个外国人也是在巴黎相遇的。

当时米勒已完成《北回归线》，这是部自传体小说，描写一个美国作家在巴黎的游荡经历。宁也写小说，在读过米勒的小说后，她承认自己是二流小说家，对米勒充满倾慕，进而成为米勒的情人。《北》的描写相当大胆，在美国遭禁，这时宁挺身而出。

按说要女人为男人花钱，是很困难的，但为了出米勒这本书，宁扮演了贵妇人的角色，而实际上她并不是贵妇人，钱是问丈夫奎勒借的。许多传世之作起初也是自费出版的，她出资安排巴黎的英文出版商奥伯里斯克出版社印制了这本书，米勒一举成名，日后进入了美国文学史。

贵人当然不止这两位，比如还有著名的梅克夫人，这位美丽的阔太太酷爱音乐，先后资助过德彪西和鲁宾斯坦，当然最为后人知晓的是资助柴可夫斯基。她以重金收藏乐谱手稿的方式，在经济上给予援助，同时维持着柴可夫斯基的体面。

西谚云"自助者天助"，一个人要想得到贵人相助，得先拿出本事来，当年徐悲鸿一个乡下穷孩子，独自在十里洋场

西尔维娅·比奇

漂泊,因擅画人物肖像,深得哈同夫人、爱俪园女主人罗迦陵的赏识,罗日后资助他赴巴黎求学,遂了其学西洋画的心愿,助徐悲鸿成为中国现代美术的奠基者。

有客自纽约来

亨利·米勒（Henry Miller，1891—1980）的小说以充满大胆描写著称，写了《北回归线》还不过瘾，又写《南回归线》，在欧洲风靡一时。不过这些作品因为太超前，在美国一直是禁书，直到 20 世纪 60 年代，经过一系列官司后，才获准在美国出版，这是后话。20 世纪 40 年代初，米勒为了创作《空调噩梦》，回到美国四处游历。他是德国后裔，出生在纽约，早年主要生活在布鲁克林区，对其他州并不是很熟悉，而要想写一本关于美国的书，自然要了解各地的风土人情。

米勒每到一个地方，都会想想当地有没有熟人。1941 年春天，他来到密西西比州，路过小城杰克逊时，时年五十岁的米勒忽然想到了女作家尤多拉·韦尔蒂（Eudora Welty，1909—2001）。韦尔蒂是杰克逊人氏，比米勒小十八岁，一生的大多数时光都在杰克逊城度过。她是位典型的淑女型作家，喜欢描写密西西比人的日常生活，主要擅长写作短篇小说，几年前去过一趟巴黎，曾慕名拜会过米勒一次，与米勒有一面之交。

在巴黎见个面没问题,可是在小城杰克逊,这就成了个问题。米勒戴着色情作家的头衔,而韦尔蒂待字闺中,尚未有合意郎君。韦尔蒂的妈妈首先反对女儿接触这个男人,早先妈妈见过米勒写给女儿的一封信,米勒在信中建议韦尔蒂"如果想让作品赢得读者,不妨写一些色情段落,这样来钱也容易"。这信让妈妈大为反感,在妈妈看来,这人有引诱女儿的嫌疑,她警告韦尔蒂不得让那老男人进家门。

平心而论,米勒一直穷困潦倒,《北回归线》都是靠情人阿娜伊斯·宁出资印刷的,他建议韦尔蒂多挣些稿费,也没什么恶意,只是家境不一样,很容易产生误会。米勒虽然是大城市人,但在大城市里是贫民,曾有小说《黑色的春天》,记述自己暗淡的童年,由于招惹了文学界,年近半百的米勒从未富裕过。而世代生活在小城市的韦尔蒂家族,从来不缺钱,韦小姐写小说,是因为喜欢,不是为了钱。现在这个小城人眼中的大流氓,要来拜访纯洁的韦小姐,怎么办呢?

韦尔蒂毕竟是作家,还是有办法的,她花钱请来两位绅士做伴游,陪伴她与米勒欣赏杰克逊全城景色,一来保全了家族的名声,二来也尽到了地主之谊,顾全了米勒的面子。米勒在众人眼中是个色情狂,但在着迷于写作的韦尔蒂看来,他是个值得尊敬的大作家,这一点,她心里很明白,作家只是作家,并不等同于作品里的人物,她也很愿意近距离接触他,探寻他那与众不同的内心世界。

在杰克逊逗留的三天,米勒不仅举止得体,口中也没有脏话,完全是个绅士,只是有些神思涣散,这可能由于他上个月刚刚丧父,也可能不习惯总有人在身边相随,让他不得与韦尔蒂小姐单独相处。他一路上言语不多,总是戴着顶小圆帽,进到房间里也不脱。最滑稽的是,韦尔蒂请他在同一家餐馆吃过三顿晚餐,只是因为每次进出的房门不同,他在日后的回忆文章中写道,杰克逊城的餐饮不错,自己去过其中三家,味道都非常好。

非洲小母狮

　　梦露喜欢读书,拍了不少看书的玉照,后人可能觉得她只是附庸风雅,其实不然,她确实喜欢读文学书,也景仰会写作的人,尤其是女作家。她嫁给阿瑟·米勒后,最快乐的事情之一,是有机会随丈夫结交各位文学大腕。梦露曾在伦敦拜访英国女诗人西特维尔,当时女诗人已年近七十,穿戴一身黑,与青春靓丽的梦露反差强烈,那幅比肩而坐的合影,曾在各报刊上风行一时。

　　1959 年 2 月, 阿瑟·米勒接到女作家麦卡勒斯的电话,说布里克森(Karen Blixen, 1885—1962)来了,想跟你见个面,布夫人特别交代,一定见见你那位漂亮的夫人。这位布里克森是何许人,为何指定要见梦露?我们也许记得有部电影叫《走出非洲》,由斯特里普主演,讲述女主人在肯尼亚经营咖啡庄园的故事,电影由自传小说《走出非洲》改编而成,小说的作者就是布里克森,她在小说中讲述了自己与各种动物相处的难忘时光。

布氏是 20 世纪上半叶欧美文坛的大人物,曾数度提名诺贝尔文学奖,她嫁给了自己的瑞士表哥,在非洲待了数十年,离婚后潜心写作,除了《走出非洲》,还写过其他几部小说,平日裹着头巾,足不出户,像一位隐居的修女。74 岁那年,她接到福特基金会的访美邀请,犹豫再三后,回话说自己老迈,本已无意出门,但如果对方能安排她见几个美国人,她可以考虑。

基金会忙问她想见谁？她说海明威、麦卡勒斯和梦露。前两位是作家,见个面很自然,指定见梦露,有些出人意料。不过基金会还是答应了,于是布里克森来到了纽约。麦卡勒斯的情商很高,她得知布里克森要见梦露,为了照顾阿瑟·米勒的自尊,便给他打了个电话,说布里克森想见他,要他一定带上夫人前来。这就是那通电话的来由。

麦卡勒斯在哈德逊河边的自家住宅安排了这次见面。这是一个寒冷的午后,四人围坐在酒桌前,梦露与麦卡勒斯坐在布里克森的左右两侧,米勒坐对面。参与聚会的四个人都非同凡响,一位受人尊敬的丹麦女作家,一位美国南方文学的代表人物,一位当红的好莱坞名编剧,至于梦露,人人都知道她是谁。

这次见面留下了不少照片。布里克森依旧将自己裹得严严实实,后人常把她错认成特蕾莎修女;梦露穿了一身黑绒外套,这个美人儿无论穿什么,都是那么光彩照人,焕发

布里克森

出妖娆与性感;病恹恹的麦卡勒斯则一副倦容,仿佛自己只是个陪衬;米勒个头高挑,很绅士地为女士们倒红酒,不时说几句笑话。大部分时间,都是布里克森在说,而梦露在倾听。

　　布氏之前也见过梦露的影像,但一旦真实的梦露出现在眼前,她还是为其艳丽姿容所惊讶,大概是梦露眼中透露出的专注与崇敬,打动了布里克森,她不由得也送去温存的眼光。女人一旦去除同性的妒意,便会由衷地欣赏同性的美丽。布氏事后回忆说,梦露在眼前出现的那一刹那,让她想起曾经有一次,仆人将一只华丽的非洲小母狮牵到她跟前。这位满脑子草原记忆的女作家,心中最美丽的形象全都是动物。

一百双嫉妒的眼睛

弗兰纳里·奥康纳（Flannery O'Connor, 1925—1964）生活于美国南方的佐治亚州，佐治亚是农业州，若论经济规模，远不如北方的宾州、麻省，连隔壁的佛罗里达也不如，但这片盛产花生、玉米的土地，同样适合产生大作家。奥康纳为了写作，曾北上求学，先后在爱荷华大学创作室和纽约的雅豆写作营待过一段时光，结识了不少同时代的文学大腕，但她大半生是在佐治亚度过的，小说也都以佐治亚为背景，是一位典型的南方女作家。

奥康纳擅长写作短篇，《好人难寻》《救人如救己》等在《纽约人》发表后，纽约文坛为之一惊，连一向挑剔的评论界，也开始议论起这个名不见经传的南方女人，有记者想采访她，通过编辑部才知道，她远在佐治亚，到达佐治亚后才发现，她住在米利奇维尔，这里不仅离纽约、华盛顿很远，距州府亚特兰大也有一段路程，然而这座城市是佐治亚的旧州府，承载了南北战争的记忆，满城都是昔日辉煌的痕迹。

谦逊是一种美德，但有时候过于谦逊会妨碍作家的成长，奥康纳在这一点上毫不客气，记者在采访临近结束时问她，对美国南方文学有什么看法，她说"我在哪里，南方文学的中心就在哪里"。这句话充满霸气，掷地有声，如闪电划过长空，喧闹的文坛立刻沉寂下来，开始仔细掂量其中的分量。平心而论，奥康纳的作品不算多，除了短篇，只写过一个长篇《慧血》，她不幸染上家族遗传的无法医治的红斑狼疮，只活了不到四十岁，终身未婚且不见有明确的恋爱经历，然而简单的生活，让她规避了人世间的虚妄与繁缛，更接近生命的本质。

　　奥康纳对世界的了解，是通过阅读完成的，她的文学爱憎很分明，喜欢塞林格、马拉默德，卡波特和威廉姆斯让她"想吐"，至于卡夫卡，根本读不下去。孤傲的奥康纳有自己的偶像，那就是霍桑，有一根神秘的线穿越百年，将两人的灵魂连接起来，那就是天主教信仰。霍桑通过一个通奸故事，拷问人类的原罪，奥康纳则有一双世上最冷的眼睛，看见谁，谁的内心就会结冰。她的眼光如手术刀般精准，将灵魂的斑点剔出来分析，于细微处洞悉人性的高贵与邪恶。

　　她个头娇小，在生命的晚年喜欢养孔雀，最多时养了一百多只。我们惯常把孔雀视为美丽的象征，西方人不这样想，在西方文化的语境里，孔雀意喻为嫉妒，传说天神赫拉嫉妒宙斯的情人伊娥，派百眼巨人阿耳戈斯监视她，结果巨人被宙斯杀死,赫拉将巨人的一百只眼镶在孔雀尾巴上。当年轻的女作家挂着双拐,行走在孔雀群中,设想有一百双嫉妒的眼睛注视自己,那感觉一定是很奇特的。

奥康纳的小说语言,如孔雀羽毛一般华丽精致。"人在挣扎苦忍这个世界的同时,也会热爱这个世界。"这是她给世人的赠言。这个女人的生命如昙花一现,但留下的小说却如美酒耐人回味,普利策奖通常只授予活着的作家,但奥康纳太出色了,因此在1972年,也就是奥康纳去世八年后,评选委员会破例将当年的奖项授予《奥康纳小说全集》,以示对她的缅怀与敬意。如今米利奇维尔印证了女作家的预言,已成为后代爱好者景仰的文学圣地。

终身领事

都说"文人死于清贫"，其实也未必，一生舒适滋润者比比皆是。这世界这么大，不愁温饱云游四方的文化人，还是大有人在的。

先说智利女诗人米斯特拉尔（Gabriela Mistral，1889—1957）。这女子出生于贫困人家，按说没什么好日子过，她确实也不轻松，因为无钱上学，连学业都靠自学完成。更悲催的是，成人后她遇上一个负心汉，那人与她鸿雁传书数载，等她前去见面，却拒绝了她，娶另一个女人为妻。这也就算了，她心怀宽容祝他幸福，可他并不幸福，婚后不久竟然自杀了。这太残酷了，一个人宁可自杀也拒绝娶她，而她对他又是那么一往情深，这里面包含了多大的隔膜？

米小姐陷入绝望与沉思，好在她读过的书救了她。她开始写诗，将苦苦的思索写入《死的十四行诗》，震撼了智利文坛，而后一发不可收拾，相继写出《柔情》等诗集，征服了整个世界，赢得1945年的诺贝尔文学奖。巨大的国际声誉，引

141

起了智利政府的注意,政府经过考虑决定委任她一个职位,又担心那职位配不上她,于是别出心裁,想出一个新名称,叫终身领事。

所谓终身领事,就是终身付她丰厚薪水,由她任选世上任何城市做领事。这世上居然有这等美差,米小姐欣然领受,她先后出任智利驻那不勒斯、马德里、里斯本、尼斯、洛杉矶、纽约等地的领事,选的都是有文化的城市。这个安排照顾了她的个人兴趣,也提升了智利的国家形象。米氏一直未婚,没有解决终身大事,但做上了终身领事,一直做到去世。

米氏并不是第一个做领事的诗人,在她之前,法国诗人保罗·克洛岱尔(Paul Claudel,1868—1955),也就是罗丹情人卡蜜儿的弟弟,也有过同样的经历。克洛岱尔作为法国领事,先后驻纽约、波士顿、布拉格、法兰克福、汉堡、哥本哈根、里约热内卢,并于1895年到1909年期间出使中国,分别驻扎上海、福州、汉口和天津的领事馆,正是游历中国的外交生涯,让他熟悉了东方文化,写下了包括《五大颂歌》在内的大量诗歌。

尼加拉瓜作家达里奥(Rubén Darío,1867—1916),很早就有诗名,是拉美现代主义诗歌的先驱,尼加拉瓜看上他的影响力,派他出任驻法国公使,后来又派他先后出使墨西哥和阿根廷。拉美国家除了巴西和几个岛国,基本上通行西班牙语,熟络起来不分你我,玻利瓦尔曾想将拉美一统,格瓦拉是阿根廷人,却去古巴做了部长。达里奥在阿根廷逗留期间,获得阿根廷政府的赏识,居然委派他代表阿根廷出使法国,这日子过得够精彩。

斯坦因的说辞

客居巴黎的美国女作家格特鲁德·斯坦因（Gertrude Stein，1874—1946），被喻为沙龙夫人，像菲茨杰拉德、海明威、安德森这样的美国作家，只要前往巴黎，都会上她那儿报个到，另外像毕加索、马蒂斯、杜尚、夏加尔等前卫画家，也喜欢去她那儿凑热闹。虽然身边才俊无数，但斯坦因对他们只有文学指导，并无情感寄托，她的恋人叫托克拉丝，是个旧金山人。托克拉丝比斯坦因小三岁，学音乐出身，喜欢先锋艺术，1906年旧金山大地震的第二年来到巴黎，与斯坦因一见如故，遂成至交，进而成为终身伴侣。

托克拉丝低调而内向，曾有人这样描述她：她像个佝腰的小妇人，并不坐在椅子上，而是缩在椅子里；并不注视你，只是审视你；总有一只脚踩在门外，如同被邀请参加婚礼，却不坐上餐桌。1940年巴黎沦陷，文化人纷纷逃离，但斯坦因和托克拉丝没有离开。她们也想过离开，因为在德国人看来，她们是犹太人，是绝对不能容忍的，一旦被拿获，肯定要送集中营。那么她们为什么没离开呢?

斯坦因在回忆录中写道:"逃亡的路途一定很艰苦,而我又挑食,这座别墅非常舒适,有两个佣人,还有一座花园,花园里有小树林,想到要撇弃这样的环境去流亡,真的下不了决心。"看到斯坦因的这段话,联想起抗战期间,丰子恺先生携全家十几口人,舍弃刚盖好不久的缘缘堂,沿湘赣线一路逃难到广西,其间吃尽苦头,更加明白对于一个艺术家而言,出走是一件多么不容易的事,何况还要担上一家人的性命。

照斯坦因的说法,她跟托克拉丝只是出于害怕艰苦,才未逃离巴黎,但事实并非如此,还有另一个更重要的因素,她没有说,或者不好意思说。她们认识一个叫法耶的法国人,这人是个历史学家,跟维希政府合作,负责反犹宣传,专门对付犹太人。但不知何故,他对斯坦因和托克拉丝很有好感,不仅没出卖她俩,还予以庇护。人性就是这么复杂。在法耶的关照下,两人在德军占领期间一直平静无事,未受骚扰,有酒有面包,冬天还有煤,比许多巴黎人都过得好。法耶对她俩不仅在生活上提供帮助,还时时留意保护她们的艺术藏品,以免被盖世太保搜走。

战争结束后,法耶因通敌罪被起诉,斯坦因和托克拉丝写信为他求情,但他还是被判处终生劳役,法庭认定他的反犹宣传导致数千人被捕,其中很多人死于集中营。判决后,两人去看望他,给他带去食物,那时战争结束不久,食物是

格特鲁德·斯坦因

很珍贵的东西。1951年，法耶患病要做手术，托克拉丝得悉消息，为了筹集手术费用，把几幅毕加索的画作拿出去卖了，结果法耶在监外就医期间逃走，在瑞士的一个小山村躲藏好几年。斯坦因和托克拉丝的行为，是勾结敌人还是回归人性？后人众说纷纭。

拔刀红颜

1916年,凯瑟琳·曼斯菲尔德(Katherine Mansfield,1888—1923)二十八岁,为了自己的文学事业,正在伦敦苦苦挣扎。这个漂洋过海而来的新西兰女人,写了一些小说,但名气不够大,整天思索的就是如何将小说写好。一天下午,她约几个朋友喝咖啡,地点定在皮卡迪里广场附近的皇家咖啡馆,这地方闹中取静,她经常来,是与人闲聊的好场所。她找了个地方坐下来,旁边那桌坐着一个印度人,她没把那人当回事,只顾自己喝咖啡等人。

没过多久,来了一对英国夫妇,与那印度人热情寒暄后坐下。他们谈吐优雅,一看就知道受过良好教育,这让曼斯菲尔德多少有点意外,更要命的是,他们聊着聊着,竟然开始议论劳伦斯新出的诗集《阿摩斯》,说那诗集如何如何可笑等等,尽管用词婉转,但调侃之意是显而易见的。曼斯菲尔德不但喜欢劳伦斯的作品,还喜欢劳伦斯这个人,曾与他有过一段情,见人这样议论自己的偶像兼昔日情人,不禁怒从心头起。

她挨过去对那印度人说："麻烦借那本书给我看看,好吗?"谁也不会拒绝一位漂亮女士的请求,何况她面带微笑,何况她只是想借书。不想曼斯菲尔德拿到《阿摩斯》,立马站起身,昂然走出咖啡馆,连头都没回。那印度人连同他的聊天伙伴都惊呆了,不知发生了什么事,连忙问侍者那女人是谁,精神正常吗? 侍者认识曼斯菲尔德,说出了她的名字。

那年头能在皇家咖啡馆喝咖啡的人,都不是等闲之辈,那人其实叫苏拉瓦迪,后来成为巴基斯坦总理,当时正在牛津念书。他旁边的那个男人更是十分了得,是进化论始祖之一赫胥黎的孙子小赫胥黎,即阿道司·赫胥黎,鼎鼎有名的反乌托邦小说家,只可惜曼美人有眼不识泰山,居然不认识他们。没过多久,这件事就在伦敦文学圈传开了,说是曼斯菲尔德为了维护劳伦斯的面子,居然不惜与赫胥黎翻脸。

眼见自己的朋友苏拉瓦迪遇上这种怪事, 赫胥黎也挺尴尬,赶紧去找伦敦文学圈的沙龙夫人奥托琳·莫瑞尔,请她出面向曼斯菲尔德要回那本《阿摩斯》。奥托琳身为伦敦文坛"教母",自然有自己的方法,不久就托人找到曼,索回那本书。曼对自己的举动表示歉意,但又说他们对劳伦斯太不恭敬了,任谁听见那种刺耳声,都不可能无动于衷。

最快活的当然是劳伦斯了, 如此美丽的红颜知己拔刀相助,脸面当然有光。他当时正在写《恋爱中的女人》,里面

149

凯瑟琳·曼斯菲尔德

女主角之一古德让的原型就是曼斯菲尔德，现在忽然有了这个插曲，他自然不会放过，立马就把这个段子写进了小说。曼斯菲尔德对劳伦斯有情有义，反过来，劳伦斯对曼也很眷恋，虽说两人分手时也曾吵得不可开交，但随着岁月流逝，留下来的只有真爱。后来劳伦斯携弗丽达周游世界，路经新西兰时，专程上岸探访曼斯菲尔德的出生地，并给遥远的曼寄去一张明信片，上面只有一个词：想念。

艾达的故事

　　大伙儿通常都认为，美国的黑人民权运动始于 1955 年黑人妇女帕克斯在公交车上拒绝给白人让座，实际上早在帕克斯之前，黑人就开始反抗了。这里说说黑人女作家艾达·威尔斯（Ida B.Wells，1862—1931）。艾达的父母是黑奴，她出生不久就赶上林肯总统颁布废奴令，父亲凭着出色的木匠手艺，带着妻儿十口迁徙各地，边干活边读书，成为远近闻名的黑人斗士。

　　艾达深受父亲影响，从小就关心社会变革，后来成为一名教师，在田纳西州谋得一个教职。事情发生于一百多年前一个温暖的日子，确切地说是 1884 年 5 月 4 日，那天艾达坐火车前往孟菲斯。她刚上车坐下，就有个白人列车员走过来，要她把座位让给一位白人。按通常的规矩，黑人乘客低着头就默默走开了，但艾达那天忽然鼓起无穷勇气，对列车员说不。列车员眼见动嘴无用，于是动手去拉拽她，她挣扎几次甩不掉他的手，一口咬上去，列车员大叫一声跑开了。

过了一个站,列车员叫来列车长和行李员,三个男人一齐发力,终于拉开了这个黑人妇女。艾达下车后义愤难平,先投书当地报纸控诉铁路当局,未果。接着找到当地唯一的黑人律师,起诉铁路公司,不想那律师被铁路公司收买了,竟然回绝了她的委托。她不甘心,换了个白人律师,反而是白人律师管用,结果法庭判她赢,并罚铁路公司赔偿她五百美元。但被告向最高法院上诉,高院判艾达败诉,并罚款两百美元。艾达虽然最终输了官司,但她的内心并未屈服。

　　"难道在我们生活的这块土地上,就没有公平正义?"她写道。她化名"艾奥拉",开始为全美各地的报刊写专栏,专门探讨种族问题,文章观点鲜明,言辞犀利,引发广泛争议,学校迫于社会压力,竟然解除了她的教职。更严重的冲突在后面,一位名叫摩西的黑人店主支持艾达的观点,遭到白人暴民的围攻,摩西与两个朋友开枪抵抗,打伤了三个白人。这下不得了, 警方将摩西三人抓进牢里,白人暴民蜂拥而至,闯进监狱将三人杀死。

　　艾达立即号召黑人离开孟菲斯,为自卫还随身带了把手枪。有六千多黑人响应她,结队离开那座城市,表示对白人种族主义暴力的抗议。这次风潮平息后,艾达沉下心来,开始认真思考黑人的命运,写下了包括《美国私刑》《南方恐惧》等系列文章,晚年定居芝加哥。艾达的故事告诉世人,世

艾达·威尔斯

上从来就没有天上掉下来的馅饼，所有的平等权利都是靠不懈努力，一点点争取得来的。1990年，美国邮政总局为纪念艾达·威尔斯，发行了一枚二十五美分的邮票。

短篇女王

爱丽丝·芒罗（Alice Munro, 1931— ）原先叫爱丽丝·雷罗，出生于安大略省一户普通人家，从小热爱写作，念大学时开始发表作品，后来嫁给了大学同学詹姆斯·芒罗，这才改姓芒罗。芒罗夫人坚持创作短篇小说，描写普通人的日常生活，如同福克纳经营自己的约克纳帕塔法世系，弗兰纳里·奥康纳沉迷于佐治亚州的米里奇维尔农庄一样，芒罗将小说的大部分情节，安排在家乡休伦县，作品很接地气，不过一直默默无闻，并没有取得太大的名声。

是金子总有发光的一天，1968年，她的短篇集《快乐影子之舞》获加拿大总督奖，这是加拿大文学最高奖，那年她三十七岁。获奖给予芒罗很大的鼓舞，在随后的岁月里，她接连出版了好几部短篇集，并凭《乞丐女》一书再度摘得总督奖。文学奖就有这种魔力，获奖后的芒罗摇身一变，一下子从丑小鸭变成了白天鹅，原先仅在小圈子里流传的小说，转眼成为大家经典，平日的只言片语，也会成为传世的语录。她的名字开始出现在《纽约人》《大西洋月刊》《哈泼氏》等英文名刊,最终引起斯德哥尔摩评委们的注意,获2013年诺贝尔文学奖。

这里要专门说一下芒罗与大编辑道格拉斯·吉布森(Douglas Gibson,1943—)的友情。吉布森是加拿大知名的出版家,同时也是作家,他以独具慧眼著称,发现并扶持了许多加拿大当代作家,芒罗是其中之一,当然也是最杰出的一位。吉布森比芒罗小十二岁,他很早就注意到芒罗独特的表达方式,帮她策划出版了最初的几本小说集。

芒罗对吉布森极度信任,把她的作品悉数交托给吉布森处理。吉布森原先在麦克米兰出版社加拿大分社做编辑,后来西迁维多利亚省自创门户,创建了自己的出版社,芒罗毫不犹豫继续将作品交给他处理,也不怕他经营不当造成亏损,为此甚至不惜毁约,与已经签约的原出版社打官司,赔退了一大笔钱,拿回书稿交给吉布森。这种认人不认出版社的做法,在欧美国家并不多见,通常作家更愿意以契约形式维持与出版社的关系。

吉布森还是蛮厉害的,他带走了一批重量级作家,以至于麦克米兰加拿大分社此后数年竟无书可做。吉布森没有辜负芒罗的信任,每隔三四年为她推一本新书,终于把她推向了世界文坛的最高领奖台。吉布森后来写了本回忆录,芒罗专门为其作序,当年吉布森发现了她,如今她为吉布森写

157

推荐，引来一段温馨的文坛佳话，是作家与编辑双赢的典范。由此可见，作家要想获得世人的认可，遇上出色的编辑是何等重要。

峭壁上的花

凯瑟琳·安·波特（Katherine Anne Porter, 1890—1980）是个美人，但不是那种娇美可人的类型，她相貌俊秀清朗，显得特别知性有主见，不但吸引男人，也让女人迷恋。1947年，安·波特入住雅豆写作营，遇到女作家麦卡勒斯，麦一见到安·波特就眼睛发亮，为其风度所痴迷，屡屡向安·波特送秋波，可是安·波特对麦很冷淡，始终与其保持距离。据说麦不死心，终日守候在安·波特门口，但安·波特不为所动，每次进出都视若无睹，根本不睬她。

这也怪不得安·波特，她这些年见多识广，对人心看得很透彻，更何况麦卡勒斯这一款，是她最不喜欢的。她觉得在女作家当中，麦这种类型最无聊，完全沉浸在自我中，"走到哪里都带去一股肃杀之气"，对世界缺少同情。当然这是安·波特当时的想法，她进雅豆营地已经五十多岁了，什么都见过，内心坚硬如铁。换作二三十年前，也许会不一样，她年轻时也曾有过澎湃激情，对什么都好奇，都想去尝试，只可惜那时候麦卡勒斯还太小，没有经历过烽火岁月，一辈子孤芳自赏，只懂得欣赏自己那点孤独。

1920年，安·波特三十出头了，还在纽约苦苦打拼，住在格林尼治村的小屋里，写一些儿童小说和短故事，采用率不高，前程一片灰暗。就在迷惘之际，忽然来了个机会，一家杂志社的老板给她电话，问她愿不愿意派驻墨西哥城，采访当地乱局。她立马答应了，没有丝毫犹豫。要知道彼时的墨西哥，正值革命运动风起云涌，在安逸的中产人士看来，是一片是非之地，派驻墨西哥城可不算什么美差，要有相当的冒险精神，才敢于去驻扎。安·波特正想为自己的写作收集素材，当然不会放过这个机会。

她一到墨西哥城，就立刻融入当地社会，与白道黑道都打得火热，喝酒跳舞，通宵达旦，甚至卷入反政府地下活动，总之是什么叛逆就做什么，心中没有害怕二字。一天晚上，她去参加一个聚会，聚会场所在一幢山边的古老城堡里，四周非常安静，站在阳台上可以看见深邃的峡谷。她正在眺望，这时有人建议她尝尝一种墨西哥特产，"很迷人的玩意儿"。她吸了两口，顿觉耳目一新，眼前出现绚烂的景色，星辰在树叶间闪烁，悬崖上开出了蓝色的花朵。她忍不住爬上阳台，要去摘峭壁上的花。

好在这时有个人赶过来，一把拽她下来，将她护送回房间。安·波特后来回到纽约，写出了小说集《开花的犹太树及其他故事》,上面的情景就取自小说《开花的犹太树》,她在小说里生动描写了自己在墨西哥城的遭遇,所谓"很迷人的玩意儿",其实就是大麻。她因为好奇,几乎丢了性命,好在意志力还算坚强,没有染上毒瘾。她后来写出的成名作《愚人船》,背景也是墨西哥。

"我有梦,我能写"

　　杰圭琳·苏珊(Jacqueline Susann,1918—1974)是个大美人,做过演员和模特,这个女人本可以靠颜值吃饭,偏偏还要秀一下才华,四十多岁开始写小说,七年内出版了三部长篇,《娃娃谷》(1966)、《爱情机器》(1969)和《一次并不够》(1973),三部小说都雄踞当年《纽约时报》畅销书排行榜榜首,这个纪录至今无人能破。

　　说起来这个苏珊也挺能折腾,她在少女时代就是有名的费城小美人,由于天生丽质,周边总是夸赞和羡慕,对世界的索求变大了,高中毕业后,她不顾父母相劝,大学也不读了,揣着明星梦,执意前往百老汇和好莱坞,结果漂亮脸蛋太多,尽管也演了一两部戏,但很快就被排挤成三线演员,只能捡小角色出场。好在这个高中女生情商还挺高,她遇到了欧文·曼斯菲尔德,这是个不起眼的男人,在报社做娱乐版记者,但是很爱她,后来成为她的丈夫兼出版经纪人。

　　1962年的圣诞节,对于四十四岁的苏珊来说,是非常凄凉的,欧文失业了,唯一的孩子躺在精神病院,自己的右侧乳房检查出癌症，她在日记本上这样写道:"这是一个糟糕的圣诞节,他没工作,我病了,可是还有那么多事情等着我去做,我不能撇下那些事……就去死,我是杰姬,我有梦,我能写,我要写完再去死!"她实践了对自己的承诺,在剩余的十二年时间里,她果真写出了那三本书。

《娃娃谷》是苏珊的自传小说,所谓娃娃有两层意思:一是指小说里的三个漂亮女娃,安妮、尼莉和詹妮佛;二是指毒品,三女娃闯荡纽约,都染上了毒瘾,她们把那些五颜六色的胶囊戏称为小娃娃。1969年夏天,在《娃娃谷》大获成功后,苏珊完成了第二部小说《爱情机器》。欧文经过精密策划,决定在当年的全国图书订货会上宣布这个消息。

一年一度的订货会是图书销售商的盛会,总会有一些五花八门的活动,来自全国各地的几百名订货员,尽情喝酒,尽情跳舞,签下一笔笔新书订单。欧文的策划方案是,做一个巨大的蛋糕,上面写着"爱情机器"几个字,由四位侍者抬着,慢慢下楼走向苏珊,然后宣布苏珊新作面世。

策划方案很周全,可是人算不如天算,那天大家喝得太尽兴了,等到蛋糕抬过来时,一个订货员忽然站立不稳,一个趔趄栽进蛋糕,还在里面挣扎,欧文的所有设想全部被搅黄了,或者被搅"白"了。不过这一幕倒也激活了整个场面,苏珊是大作家,本身就有号召力,虽然蛋糕砸了,《爱情机器》依旧赢得订单无数，成为当年的头号畅销书。

　　有人喜欢，就有人不喜欢，杜鲁门·卡波特以刻薄著称，前一年刚出了《冷血》，风头也不比苏珊差，他在脱口秀节目中，讽刺苏珊像个"脑子迟缓的卡车司机"，暗指苏珊曾为一群大货车司机签售，而后者根本看不懂她的小说。苏珊闻讯大怒，要求卡波特道歉。卡波特转而对全美国的卡车司机说，把她跟你们相提并论，实在有损你们的颜面，抱歉抱歉。女权主义评论家斯坦纳姆则挖苦说，"只有那些厌倦了喜剧，又尚未懂得欣赏政论文的读者，才会喜欢《娃娃谷》"。

末日鹦鹉

　　默东是巴黎西南郊的一个小镇，距巴黎市中心两小时路程，地势比较高，标志性建筑是古老的圆顶默东城堡。1951年秋天，一位年近半百的佝偻老头搬来这儿居住，在自己住处开了家诊所，靠微薄的医疗收入为生。老头叫塞利纳（Louis–Ferdinand Céline，1894—1961），周围住户都不认得他，可法国文学界记得他，十几年前他以一部《茫茫黑夜漫游》震惊法兰西文坛。不过眼下的塞利纳过得很潦倒，他刚获赦免从牢里放出来，在女友莉莉的陪伴下，找到了这个住所。

　　塞利纳对默东还是很满意的，这里虽然环境简陋，刚搬来时连暖气都没有，但可以眺望巴黎，这点对他很重要，只要能看到巴黎，他的心里就踏实。一个热爱写作的法国人，心中不能没有巴黎。

　　这个法国人为什么在战后坐牢？原因很简单，他曾经与纳粹合作，犯下的是通敌罪。其实他跟庞德一样，只有恶言没有恶行，庞德同情鼓吹纳粹理论，塞利纳要更进一步，直接宣扬反犹思想,战后自然要遭受惩罚。实际上战争临近结束时,塞利纳就预感不妙,开始策划逃亡,但很快在丹麦被抓获,押解回法国受审。在众多文学界大佬的联名呼吁下,又考虑到他在一战时从军,曾为国身负重伤,当局最终释放了他。

于是塞利纳隐姓埋名来到默东,一住就是十年,这是他生命的最后十年。法国甚至世界似乎忘记他了,但他望着远方的巴黎,并没有忘记法国和世界。他开始撰写"逃亡三部曲",讲述自己由法国到德国,再到丹麦的逃亡历程。1957年完成第一部《从一座城堡到另一座城堡》。作家在书中用惯用的嘲讽语言,叙述自己一路上目睹的人生百态,维希政府穷途末路,跟随的法国人身上长满疥疮,一副末日景象。

小说出版后,不出所料直捅巴黎评论界的马蜂窝,各种观点嗡嗡响起。批评者认为是垃圾,是"发臭的水龙头流出的阴沟水";赞美者则认为塞利纳因此书死而复生,重新回到了法国文坛的中心,称赞他是现代法国"唯一能与乔伊斯比肩的散文家"。《城堡》英文本 1968 年在美国出版,译者拉尔夫·曼海姆因翻译此书获 1970 年美国国家图书奖翻译奖。

塞利纳虽深居默东,但前往探望他的崇拜者不曾间断,尤其是美国的垮掉派年轻作家,似乎在他的文字中找到了归宿。连身为犹太人的金斯堡,也成了这个反犹作家的粉丝。凯鲁亚克评论说,《城堡》是"这世界腐烂与癫狂的写

塞利纳

照"。塞利纳 1961 年死于动脉瘤破裂，这是一战留下的旧伤，安葬于默东周边的坟场，数年后故居忽遭火灾，所有手稿连同家具灰飞烟灭。最具象征意味的是，他生前喜爱的鹦鹉托托，因鸟笼地处偏僻而幸免于难，而后一直喃喃自语，如同复述作家本人的末日调侃。

安特姆街

　　纳粹占领巴黎期间,玛格丽特·杜拉斯(Marguerite Duras,
1914—1996)为了谋生,在维希政府的一家机构做小职员,
负责给报社分派纸张,这是台面上的事,暗地里她又与丈夫
罗伯特·安特姆(Robert Antelme,1917—1990)加入一个抵抗
小组,小组的头儿叫密特朗,当时谁也不会想到这人以后会
成为法国总统。安特姆是个作家,名气不算太大,但为人勇
敢正直。夫妇俩把自己家当成抵抗运动的据点,安特姆给密
特朗当助手,每天迎来送往,接待各路豪杰,杜拉斯则负责
望风,同时充当信使的角色,往各处递送情报。

　　这期间她认识了一个叫马斯科洛的男人,马斯科洛是
意大利移民的儿子,思想比较激进,对学校、教堂、婚姻都持
反对态度,当然也反对纳粹。更要命的是,他那意大利男人
英俊的脸膛,一下就把杜拉斯迷住了。她正犹豫该不该把这
事告诉安特姆,不想世事多变,忽然大难临头。1944年6月
1日,抵抗组织聚会时被盖世太保发现,密特朗趁乱逃走,

安特姆不幸落入敌手。杜拉斯发疯似的在全巴黎城四处寻找，车站、码头、警局都找遍了，没有任何消息。绝望中，她决心单刀直入，直接去找伪警察局局长戴尔沃。

她把决定告诉组织，遭到众人反对，说那是个恶棍，这样做太危险，但她救夫心切，执意要去见个面。见面地点设在一个咖啡馆里，密特朗和同志们埋伏在四周监视，准备一有风吹草动就把戴尔沃干掉。戴尔沃并不想抓杜拉斯，只是把她当诱饵，用来钓大鱼。他拿出一张照片，说你把这个人的藏身处告诉我，就放了你丈夫。杜拉斯认出那是密特朗，但摇头表示不认识，结果两人不欢而散，整个过程如同谍战片一般惊心动魄。

巴黎很快迎来了解放，盟军部队在欢呼声中继续北进，直捣柏林。戴尔沃是第一批被抓获的法奸之一，由杜拉斯等人指证被当局处决。密特朗为搜救战友，先到布痕瓦尔德，又到达豪，两地都是臭名昭著的死囚集中营。营内弥漫着恶臭，他在满地的尸体间穿行，忽然听见一声非常微弱的叫声。他起先以为是幻觉，停下脚步，叫声复又响起，在呼唤他的名字，密特朗，密特朗……呼喊者正是安特姆，他骨瘦如柴，只剩三十八公斤！当时集中营里闹伤寒，已被封锁，但密特朗顾不得这么多了，他给安特姆换上衣服，要他假装成醉鬼，相互搀扶着走了出去。

杜拉斯见安特姆活着回来，热泪盈眶，马斯科洛见状则

170

守候一旁。她一直陪伴着安特姆,待他康复后,向他道出了实情,说自己深爱着马斯科洛。安特姆见惯生死,倒也爽快,对她表示祝福。杜拉斯把这段经历写成书,取名叫《痛苦》。安特姆后来进伽利玛出版社做了一名文学编辑,有集中营回忆录《人种》面世,他因中风于1990年去世,生前看见密友密特朗当选总统。法国政府为纪念这位不屈的抵抗勇士,将巴黎的一条街命名为安特姆街。爱情是最大的创作源泉,杜拉斯与马斯科洛成为伴侣后,写出《广岛之恋》(1960)和《情人》(1984),成为20世纪最优秀的法国女作家。

杜拉斯的温情梦

　　杜拉斯出生于法国在亚洲的前殖民地安南，也就是现在的越南，在印度支那度过了童年和少女时代。她的父母虽然都是法国人，但因为地位低微，未能进入西贡的上流社会。后来父亲返回法国，母亲在极其艰难的环境中，将几个孩子养大，最困难时要自己下地种番薯。由于这种奇特的家庭背景，她从小就发现，自己虽然会说越南语，却不是越南人，生活在白人当中，又被排除于白人之外，在白人和越南人眼里，她都是另类。杜拉斯天生富于想象，童年生活的不幸，更促使她向往自由，追求平等，将一生的理想寄托于所谓"不朽的爱情"。有人问杜拉斯，她最喜欢生活中的什么？她答："爱情！"

　　综观杜拉斯的小说，"爱情"是贯穿其中的永恒主题，尽管这爱，有时可能是泛爱，有时可能只是欲望。综观杜拉斯的一生，"爱情"更是与她朝夕相伴，不曾有须臾分离，哪怕行至暮年，爱情也依然让她心醉神迷，其中最富浪漫色彩

172

的，是她与扬·安德烈亚的忘年恋情。扬是一位"外省"大学生，生活在巴黎北部的卡昂，是杜氏忠粉，他出于仰慕给杜拉斯写了好几年的信，在信中表达自己对其作品的理解。

杜拉斯一开始对扬的来信并不在意，她几乎每天都收到杜粉的信，也就粗粗翻阅从不回复。1979年底，杜应卡昂一所大学的邀请前去做演讲，演讲结束后，一群年轻人簇拥她去酒吧喝酒，其间一位瘦高个儿的年轻小伙子亮出身份，告诉她自己就是常给她写信的那个扬，两人一见如故，交谈非常愉快。那天分手时，两人都没有意识到，这是他们未来人生的转折点。世上又有几个人能够看得清命运的转折在哪里？

事态的发展可谓波澜起伏，杜拉斯开始感到自己离不开扬了，她不停给扬写信，倾诉自己的喜怒哀怨，扬自然也很兴奋，想到原先的偶像，如今与自己如此心心相印，高兴得夜不能寐。可是杜觉得自己不能欺骗他，必须把真实的自己告诉他，于是跟他说，其实自己像常人一样有很多毛病，比如酗酒，经常喝到半死。她也知道许多粉丝喜欢把名人偶像化，一旦知道真相就会沮丧而去，但她顾不得了，要想得到真情，必须冒这个风险。

扬确实被吓着了，三个月没再写信。1980年的一个夏日清晨，扬带着酒，出现在杜府门前，与杜拉斯温情拥抱，从此再没离开，开始与她终生厮守。那年杜拉斯六十六岁，而扬还不到三十岁。尽管两人的年龄几乎相差四十岁,但他们还是相守了十几年——直到1996年杜拉斯因喉癌去世。扬性格柔弱,无钱无势,在一般女人的眼中,不是很理想的情人,但在杜拉斯看来,他正是她朝思暮想的那种人,她需要的是他身上那种男人的温情。扬的爱给她带来激情无限,再次激发了她的创作欲望,在随后的岁月里,她又写出了《夏雨》等华美篇章,正所谓杜拉斯柔情似水,老妇人也有春天。

曾经有人对他们的恋情表示怀疑,对此她说:"你很关心年龄,真奇怪,我可从来没有想到过这一点。"杜拉斯是那种为爱而生存,为爱而写作的女人,是人世间各种爱情神话的制造者,她颠覆了男欢女爱的千年模式,自然也倾倒了众多知识女性。她的举动,是她们梦想而不敢实施的。

率性之人

　　波伏娃(Simone de Beauvoir,1908—1986)的一生中,有两个至关重要的人,萨特(Jean-Paul Sartre,1905—1980)很知名,大家都知道,艾尔格伦(Nelson Algren,1909—1981)有点名气,知道的人也不少。两个男人是完全不同的两种类型,萨特个子小,长得老相,眼睛还有点斜视,艾尔格伦是瑞典裔帅哥,个头高大,相貌俊朗;萨特思维严谨,以思想家的身份写小说,曾获诺贝尔奖,艾尔格伦既帅气又率性,其小说也不赖,《金臂人》获普利策奖。就是这样两个男人,一个在巴黎,一个在芝加哥,基本上填满了波伏娃的感情生活。波伏娃以艾尔格伦为原型创作的小说《满大人》(也译作《名士风流》),获龚古尔奖。

　　这一女两男都非等闲之辈,有那么一段时间,波伏娃在两个城市之间频繁飞行,如同飘零的鸟儿,看不清自己的窝究竟在哪儿。想了好几年,终于有一天,她想明白了。她对艾尔格伦说,爱情有必然与偶然两种,你是我偶然的爱人,我的心始终属于他(指萨特),他才是我必然的归宿。艾尔格伦深受伤害,余生是在这句话的阴影中度过的。如果波伏娃把这句话扔给萨特,相信萨特扛得住,这个矮小的男人有着磐石般坚强的内心,也正因为如此,波伏娃无法撼动他,所有的爱与恨,最终都化作似水柔情。

帅气的艾尔格伦有多率性呢,不妨举个例子。1956年,继《金臂人》之后,他又写出了小说《漫步荒野》,故事发生在一个德州小镇,主人公酗酒成性,唯有在酒醉状态下才感觉自己被人尊重,酒醉才是天堂。这本书不如《金臂人》那么轰动,但书中醉鬼总结出的"人生三不",倒也经常被人引用,一曰不与医生聚赌,二曰不蹭妈妈的饭吃,三曰不交麻烦缠身的女人。小说出版后,马上就有制片人前来洽谈,要改编成电影,艾尔格伦大受鼓舞,决心绕开经纪人,自己来谈这单生意,好好地赚它一大笔。

当时有个叫莱伯沃斯的制片人出价两万五买小说改编权。艾尔格伦找来几个朋友商量对策,朋友们倒也够哥们儿,帮他仔细琢磨合同条款,认定莱伯沃斯并非自己想拍电影,是想做转手买卖,买下改编权再转卖给别人。大家都劝艾尔格伦别签合同,可他嘴上答应,转过身就把合同签了,随后将支票搁在餐桌上,每天进餐都乐滋滋瞅上两眼,弄得支票上全是汤汁。看了一礼拜后,他去银行兑换成现金,拎着满满一包钱,买下芝加哥的一套公寓,准备拿来出租。

不过他很快就发现，想做房东可没那么容易，他既找不到房客，也不会联系中介，公寓根本租不出去。有钱就是任性，他一气之下把公寓卖了，折价卖回给原先的房东，亏了一大笔钱。恼怒中他把剩下的钱拿去豪赌，想凭运气扭亏为盈，结果输了个精光，不到两个月又成了原先那个艾尔格伦。朋友们的判断是对的，莱伯沃斯以七万五的价钱，将改编权卖给另一个制片人费尔德曼，后者请来简·方达和卡普辛主演，赚了好几百万。艾尔格伦至死都没看那片子。

军犬

改革开放之初,有一本翻译小说很受欢迎,叫《豺狼的日子》,讲述一个英国杀手受雇潜入法国,企图谋杀法国总统戴高乐。小说写得惊心动魄,情节跌宕起伏,至今记得里面有个细节,杀手瞄准刺杀目标,几次欲扣扳机未果,戴高乐得以逃出生天,读者也长舒了一口气。这本书出版当年就热销全球,次年获爱伦·坡最佳长篇推理小说奖,译成中文后风靡一时,让中国读者大开眼界,充分领略了国际政治小说的奇妙,作者叫弗雷德里克·福赛斯(Frederick Forsyth,1938—),是个英国皮草商人的儿子。

福赛斯的作品远不止《豺狼》一本,他的其余几部小说也很有名,比如《敖德萨档案》《军犬》(The Dogs of War,也译作《战争猛犬》)等,都改编成同名电影。《军犬》述说的是非洲故事,一个英国矿业老板得知某小国拥有巨大白金矿藏,想廉价控制这种珍稀资源,跟当地政府谈不拢,于是花钱雇来一伙亡命徒,试图用武力颠覆政府。在福赛斯笔下,雇佣兵很专业也很职业,是一群为钱而战的疯狗,谁给钱听谁的,脖子上那根绳索,永远握在出资人手中,他把他们叫作军犬。

《军犬》出版于1974年,三十年后还真发生了类似的事。2004年,一个叫曼的英国商人,读过福赛斯的小说后,带着武器装备和六十九名雇佣兵,乘波音飞机进入津巴布韦,准备潜入赤道几内亚发动兵变,结果在津巴布韦首都哈拉雷被抓获。

福赛斯早年当过兵,做过路透社记者,被派往尼日利亚报道当时的比夫拉战争,这件事改变了他的一生,他在战场上亲眼目睹血腥杀戮,路透社规定他待半年回国,半年结束后,他要求留下来继续报道,遭老板拒绝,他毅然辞职成为自由撰稿人。

比夫拉战争以政府军获胜而告终,福赛斯回到欧洲。1973年的一天,他听说有欧洲军火商为了在黑非洲推销武器,准备找一批雇佣军去边境挑事,让两个国家打起来,战争一旦爆发,双方都会重金购买军火,所谓大炮一响黄金万两,军火商就发了。福赛斯当时在写作《军犬》,正构思着故事中的兵变方案,他灵机一动,找到雇佣军头目,把自己的计策和盘托出。头目正为战术安排犯愁呢,见状大喜过望,觉得福赛斯的方案很实用,于是选定小国赤道几内亚做攻击目标。

福赛斯说他当时介入那阴谋，是想看看自己的计谋有多少可行性，不想对方马上采纳，等到问他想要多少钱时，他退却了，对方开始怀疑他的身份。恰巧一位雇佣兵偶然路过汉堡一家书店，看见橱窗里那本畅销书《豺狼的日子》，封面上赫然印着福赛斯的头像！他连忙去跟头目报告，福赛斯闻讯大惊，坐最近一班火车逃之夭夭。那伙雇佣兵还没到非洲，才走到马德里，就被西班牙政府一举捕获。福赛斯事后说，幸亏他们没去成，以他对黑非洲的了解，他们如果真去，只是去送死罢了，他们应该感谢他才是。

玫瑰的自白

圣埃克苏佩里(Antoine de Saint-Exupéry,1900—1944)写了本《小王子》,娶了个小女子,叫康素萝。康素罗不但年龄小,个头也娇小,是个小美人。书中的小王子发誓要珍惜自己生命中的玫瑰,那朵玫瑰的原型就是康素萝。康美人出生于萨尔瓦多一户富有的咖啡农场主之家,在嫁给圣埃之前结过两次婚,第一任丈夫里卡多是位墨西哥军官,第二任丈夫戈麦斯是位危地马拉外交官。1930 年,康在布宜诺斯艾利斯料理戈麦斯的后事,与圣埃不期相遇,坐上他开的飞机在布城上空巡游,禁不住对方的热烈追求,定下了终身。

康坚持要在老家成婚,带圣埃回到萨尔瓦多,站在自家窗前告诉他,远处那座山就是著名的伊扎尔科活火山,圣埃后来在书中写下了三座火山。圣埃于 1944 年 7 月失踪后,康素萝又活了三十五年,这期间圣埃的文学声名如日中天,若就文学成就而言,他的分量是不如加缪、萨特或马尔罗厚重的,但因其经历过于传奇,在法国民众的心中,圣埃享有很高的文学地位。

康于 1979 年在法国去世，后人在其住所的小阁楼里，发现了一部遗稿《玫瑰的回忆》。这部书稿写于三十多年前，也即 20 世纪 40 年代末，按照遗稿上的要求，须在作者逝世二十年后方可出版。后人严格执行了康素萝的遗嘱，直到 20 世纪最后一年，才将该书稿交给了出版社。2000 年，正值圣埃诞生一百周年之际，《玫瑰的回忆》在法国问世，迅速攀至畅销书排行榜首，在欧美社会引发轩然大波。

康站在妻子的角度，历数圣埃对她的种种伤害，包括与"B 夫人"奈莉长期偷情，与众多"玫瑰"的种种绯闻，挥霍二任丈夫戈麦斯留给她的遗产，将她送进精神病院置之不理，还说圣埃贪得无厌、极其自我中心等等，圣埃的圣像轰然塌落，玫瑰的泡影破灭了。

这件事激起圣埃粉丝的义愤，他们一开始认为书稿是伪造的，有意选择这个年份出版，是对圣埃的刻意丑化，康不可能写出这样的文字。在康家后人出示原稿笔迹后，粉丝们更是怒火中烧，认定康是在编造谎言。有人甚至翻出她的老底，说当年她与里卡多离婚后，为了隐瞒自己的离婚身份，居然谎称里卡多死于墨西哥内战、她是寡妇云云，这更坚定了粉丝们的看法。

有粉丝甚至扒出康的罗曼史，说这个自喻为"中美洲阿尔玛"的女人，喜欢与一群流浪艺术家厮混，有着不堪入目

圣埃克苏佩里

的劣迹等等。阿尔玛在维也纳生活,是奥地利大音乐家马勒的漂亮夫人、欧洲知名的文艺沙龙主持人,罗丹曾为其做过雕塑。

不管怎么说,《玫瑰的回忆》颠覆了世人对圣埃的看法,让他从神坛走入人间,作家也是人,有着比一般人更丰富的七情六欲,自然更有可能被诱惑俘获。康素萝死后与戈麦斯合葬于拉雪兹公墓,旋即被圣埃家族逐出"家门",这个做法是否合乎圣埃本人的心愿,也是有争议的。新近从地中海海底打捞上来的圣埃遗物中,有一只银镯,上面刻着圣埃与康素萝两人的名字,历史就是这样迷魅而吊诡。

巴黎有家玛丽凯

法国女作家科莱特（Sidonie-Gabrielle Colette, 1873—1954），人长得漂亮，作品也写得漂亮，代表作小说《吉吉》曾被多次改编成电影，科莱特因此获得1948年的诺贝尔文学奖提名，那年竞争激烈，诺奖最终授予了大诗人艾略特。科莱特成名比较早，习惯于锦衣玉食，五十九岁那年，也就是1932年，功成名就的科莱特忽发奇想，觉得写作已经不过瘾，想开一家高端美容沙龙玩玩，自己长着一张漂亮脸蛋，又是巴黎上流社会喜欢议论的风流女角，这本身就是招人的品牌，何况她热衷于研究美容秘方，为何不蹚蹚这条财路呢？

说她热衷于研究美容，是有原因的，科莱特的妈妈以善于养颜闻名社交界，据说家里藏有祖传的美容秘方，成分有绵羊油等东西，具体是什么当然属于商业机密，外人不得而知。而科莱特自己曾周游世界，见过不少世面，学会了一些阿拉伯妇女的化妆招数，比如使用眼影和羽毛等等，效果特别富有异国情调。她给自己这家店取名叫玛丽凯美容沙龙，还设计了标志,用上自己的头像和签名。

当时最有名的彩妆品牌叫蜜丝佛陀(Max Factor),是一位叫菲克特洛维茨的波兰人在好莱坞创立的,其推出的假睫毛、不脱色唇膏等产品,受到各国女性的欢迎,梦露、赫本等都是代言人,可谓化妆界的霸主。为了与蜜丝佛陀一争高下,科莱特也够拼的,她一边苦心研发自己的产品,一边不惜花重金,请人潜入那家公司,想盗取该品牌旗下各种产品的配方——当然没得手。由此可见她一开始就有野心,不做则已,一做就要一鸣惊人。

玛丽凯开张后,也确实热闹了一阵,科莱特毕竟有号召力,众多名人都来友情捧场。不过一家企业是否景气,最终还是取决于消费者。也许是作家出身的缘故,科莱特很看重个性气质,她为顾客量身定做的装扮方案,自己觉得挺满意,可在别人眼里显得怪怪的,比如她很讨厌水晶挂件,不喜欢那些亮闪闪晃来晃去的玩意儿,结果设计出来的形象缺少对称美,仿佛毕加索的画,东歪西倒的,可她自己还很得意,认为有现代派风格。

毕加索的画,画在纸上没问题,可拿来套用在女人身上,就未必讨人喜欢了。问题是科莱特平日说话都很强势,由不得别人有不同看法,这种个性用在写作上,是没问题的,可如果面对顾客也这么强势,人家就不买账了,毕竟花出去的是自己的钱,当然希望得到尊重。她有一些令人生畏

科莱特

的口头禅,比如"你这身打扮太幼稚了",或者"胆小鬼才害怕标新立异"等等,让人听了很不愉快。

一次,一位妈妈带着女儿来,让科莱特好好打扮打扮。科莱特端详一阵后,要把女儿的发型做成刘海儿。妈妈不同意,说我女儿的额头这么漂亮,这样做就遮住了,不好看。科莱特反问,她的小臀部也挺漂亮的,您为啥要遮住呢?妈妈大怒,领着女儿愤然离去。不到两年,玛丽凯就关门大吉了,科莱特继续写自己的小说。如今法国也有一家玛丽凯化妆品公司,不过与科莱特无关。

达利太太

　　西班牙大画家萨尔瓦多·达利（Salvador Dalí，1904—1989）终身只有一个太太。达利太太名叫嘉拉，是个俄罗斯女子，比达利大八岁，他俩的恋情是典型的姐弟恋。嘉拉出生于沙俄喀山省一个知书达礼之家，长着一头棕色鬈发和一双蓝色大眼，十八岁那年因患肺结核赴瑞士休养，遇见法国超现实主义诗人艾吕雅，两人坠入爱河，次年在巴黎结婚生子。嘉拉的异国风采，迷住了巴黎超现实主义沙龙那帮玩艺术的小伙子，阿拉贡、布勒东等纷纷拜倒在其石榴裙下，诗艺大有长进。

　　艾吕雅也很得意，不久后带她去西班牙，去见当时已小有名气的现代主义画家达利。不想嘉拉一眼就爱上了这个小弟弟，两人不顾众人非议，很快就同居了，并于1934年举行了婚礼。嘉拉与达利的结合惹恼了布勒东，他大骂嘉拉是个祸害，预言两人必定始乱终弃。不过这恶咒没起作用，她与达利厮守终生。嘉拉的出现，激发了达利的创作热情，他一度往每幅画署上两人名字，声称嘉拉是他的缪斯。嘉拉并不拒绝这种奉承，始终保持着对小弟弟艺术家们的喜好，并得到达利的默许。

1963 年 11 月，五十九岁的达利携六十七岁的嘉拉来到纽约，出席在诺德乐画廊举办的达利近作展。这次画展中最引人注目的作品，是达利新创作的一幅巨作，高宽各三米多，以嘉拉为主角，叫 *Galacidalacidesoxyribonucleicacid*，画名无法翻译，前面两个字是嘉拉，后面几个字是脱氧核糖核酸（即 DNA）。达利声称这是世上名字最长的绘画。画面上的嘉拉，注视着一幅西班牙风景，预言家以赛亚站在她背后，上帝坐在头顶的云端，耶稣和圣母玛丽亚隐约可见。难道这是暗示嘉拉身上有神的基因？

达利夫妇来到展会，一下子被粉丝们围住。其中一个年轻人走上前，自我介绍说我叫汉姆弗雷，是您的忠实粉丝，从澳大利亚来，也喜欢现代艺术，今天见到心中的偶像，很高兴也很激动。达利心情很好，见状便主动聊起来，说一直希望有机会去澳大利亚，看看土著的岩画等等。画廊老板急不可待，希望画展早点开始，便过来催达利。不想嘉拉有了新发现，她捋着汉姆弗雷的鬈发，说小伙子，你这头发真漂亮呀。

老板又来催，嘉拉断然拒绝，说不行，我们得回酒店，我要为这小伙子做个新发型！三人果然回到酒店，嘉拉拿着剪子,非常温存地为汉姆弗雷修剪脖子后的头发,达利则坐在靠椅里,欣赏着这幕场景,嘴里还不断说着关于土著岩画的话题。汉姆弗雷担心她会把头发全剪了,但是没有,她只剪了一小撮,随后拿起来放进达利自传《达利的秘密生活》,夫妇俩在书上签好名字,交到汉姆弗雷的手上。这是汉姆弗雷的一次奇遇,他不知道达利夫妇为何要这样做,只是觉得此行不虚。

丑角的原型

一个人一旦成为大作家，自然是志得意满，不把他人放眼里，尤其是那些写作的同行，一句不合便不予理睬，据说这是文坛常态，所以古人有文人相轻之说。不过这些都是表面现象，是装给人看的，事实上大作家敏感得很，对于同行，尤其是有分量的同行，是非常关注的，同行的一言一行，写了什么在写什么，对自己是什么态度等等，往往是大作家隐秘关注的事，尽管他们做出漫不经心的样子。

这里说一个叫休·沃波尔（Hugh Walpole，1884—1941）的作家。这个沃波尔生于新西兰，后来漂洋过海去英国写小说，经历有点像女作家曼斯菲尔德，但也只是经历像，成就就差远了，如今没几个人听说过文坛上还有个叫沃波尔的人。作家就是这样一种行当，看上去光鲜亮丽，戴副眼镜叼个烟，大笔一挥为粉丝签名，引来无数羡慕嫉妒恨，可是一转眼就消失了，你问时光沃波尔是谁，时光就像个耳背的老人，反问你是谁？你说谁？

若单论文学成就,沃波尔早该被遗忘了,可是就像后人因为爱伦·坡记得格里斯沃尔德,因为鲁迅记得高长虹一样, 这个沃波尔由于毛姆 (W.Somerset Maugham,1874—1965)的原因,留在了文学史上。话说沃波尔当年还是风光过一阵子的,他最有名的作品是自传体小说"杰瑞米三部曲",重印了好几版。这几本书为他赢得不少荣誉,有段时间他是各高校和文学沙龙的座上客,俨然以名人自居,随意点评文坛上的各位作家,甚至按自己的喜恶,给他们排座次。

　　这可是大忌。一天傍晚,沃波尔随手拿起一本付印样,这是出版社寄来请他写书评的大样。他看着看着忽然觉得不对劲,翻回封面一看,是毛姆的长篇小说《寻欢作乐》。毛姆在书中描写一个名叫基尔的文坛小混混,这人野心勃勃,极其善于经营自己,用迎合大众的方式写小说,博取世俗功名,"一有机会就请人采访,请记者吃饭,把文学当作功名大餐"。沃波尔看得直冒冷汗,心想毛姆分明是用这个基尔暗讽他嘛。

　　沃波尔一夜没睡,大清早就给毛姆的出版商挂电话,要求取消出版这本书。出版商当然不会理睬他。他又给弗吉尼亚·伍尔芙打电话,说毛姆如何如何丑化他,说着说着居然哭了。伍尔芙本来就不喜欢他的做派,听他这样诉说,也只是微微一笑,心里还有点幸灾乐祸。他后来又直接打电话给毛姆,毛姆当然不承认,说你想多了,我这个基尔写的不是

休·沃波尔

毛姆

你,你大可不必对号入座。

　　实际上毛姆写的正是沃波尔,他为什么要这样写呢?原来沃波尔在给英国当代作家排座次时,竟然没给毛姆留位置,前排没有就算了,连后排的座次也不见毛姆的名字,可见在沃波尔眼里,毛姆啥也不是。毛姆表面上若无其事,心里可是恨透了这个沃波尔,于是不声不响,在《寻欢作乐》中安排了这么一个丑角。沃波尔不甘示弱,也想把毛姆写进自己的哪部小说,给他一顶破帽子戴戴,无奈毕竟笔力不逮,始终未能写出一个像样的人物,让读者一看就联想到毛姆。

双面人达尔

莱普顿学校(Repton School)是英国名校,培养了不少社会名流,小说家罗尔德·达尔(Roald Dahl, 1916—1990)是其中之一。达尔就学时,校长叫菲舍尔,英国的校长有就任神职的传统,菲舍尔后来先后做过两个教区的主教,最后由首相丘吉尔任命为坎特伯雷大主教。1962年夏天,达尔的女儿奥利维娅患乙脑不幸病逝,年仅七岁,达尔痛不欲生,情绪崩溃,四处寻求安慰无果,忽然想到升任大主教的老校长菲舍尔,先是电话诉说,继而登门造访。

菲舍尔对昔日的学生非常同情,安慰达尔说,不要太过伤心了,奥利维娅一定会进天堂的。达尔对这种安慰并不满意,他向菲舍尔提了一个刁钻的问题。达尔问,奥利维娅生前最喜欢的小狗狗,死后会进天堂与她会合吗?达尔若干年后回忆说,菲舍尔的脸色一下冷峻起来。"我本来想问,为什么其他动物死后不能得到人类的待遇?可见他如此为难,便放弃了这个念头。如此至高无上的大主教都不能回答这个问题,那么谁还能回答?说实话,我当即对上帝产生了动摇。"

不过那是达尔内心的纠结,表面上他还是很客气的。他送给老校长一本新著,连同一张照片,照片上的达尔还是个孩子,达尔说这是三十多年前在莱普顿上学时拍的,以此对老校长表示敬意。20世纪70年代初,菲舍尔去世了,达尔参加了追悼仪式,并在仪式上发表演讲,称赞菲舍尔是个"好人"。可是到了80年代,事情急转直下。1984年,达尔六十八岁,出版了一本自传,书名叫《男孩:童年故事集》。

在《校长》一章中,达尔这样写道:"我在莱普顿念书时,校长是个短腿的矮个子,这人长着一只秃顶大脑袋,精力充沛,但并不好看。他揍过我,要知道,我根本就不认识他,在我住校的那些岁月里,我跟他说过的话总共没超过六句。"接着达尔以同学迈克尔挨揍为例:"迈克尔被喝令脱下裤子跪在沙发上,校长先朝屁股击了一杖,随后丢下手杖,从铁罐里取出烟丝,一边往烟斗里装,一边教训迈克尔,告诉他什么叫罪与恶行。说完,往颤抖的屁股上打第二下,抽口烟,教训一番,打第三下,这样循环往复达十次之多。"

"惩戒结束后,校长拿来毛巾和脸盆,叫迈克尔擦掉血迹,穿上裤子走人……要是有谁告诉我,就是这样的人,以后可以成为坎特伯雷大主教,打死我也不信,要是上帝选中这样的人,这个世界一定出了问题。"《男孩》甫一面世,舆论立刻哗然,由于达尔在书中指认打人的校长后来成为大主教,于是矛头便指向了菲舍尔,而菲舍尔已去世多年,自然无从辩白。书中的描述如此骇人,甚至有娈童虐童的嫌疑,警方决定立案调查。

调查结果很快就出来了,达尔的描述确有其事,被打的学生也确实叫迈克尔,只是施虐的校长不是菲舍尔,而是菲舍尔的继任者。问题就来了,达尔不可能记错施虐者,他明明知道不是菲舍尔,为何偏要那样写呢?莫非就因为菲舍尔没让那只小狗狗与奥维利娅在天堂会合,他就这样栽赃陷害?或者把这样的罪名安在一个大主教头上,更能显示宗教的虚伪? 如果真是这样,达尔未免不够厚道。

叶芝的缪斯

  提到叶芝（William Butler Yeats，1865—1939），自然会想到他那首名诗《当你老了》，"多少人爱你快乐优雅，爱你的美貌，只是那爱真假莫辨，唯有一人爱你那朝圣者的灵魂，爱你那忧伤的苍老容颜"。这是叶芝献给女演员毛德·冈尼的热烈情诗。叶芝追求冈尼数十年，没有任何结果，尽管她也出演过叶芝的剧本，但对叶芝本人并无兴趣，无数次拒绝了他的求婚。

  冈尼看似心肠冷酷，其实有一双犀利的眼睛，当叶芝表示因为她拒绝而痛苦时，她这样回答他："哦，是的，你确实很痛苦，因为你可以从你的痛苦中锤炼美丽的诗句，再由那诗句感受到幸福。婚姻是很无趣的，诗人不应该结婚，这世界会因为我拒绝你而感激我。"她的预言是对的，世界因此有了《当你老了》和叶芝的其他诗。

  评论家们一般都认为，叶芝对冈尼的感情，注入了太多主观想象，他对冈尼的内心其实并不了解，这也是冈尼始终拒绝他的原因,冈尼后来嫁给了一位爱尔兰军官。冈尼是叶芝的缪斯,不过并非唯一,他还有另一个缪斯,也是个女演员,叫弗洛伦丝·法儿,当时是萧伯纳的情人。

法儿是那种果敢泼辣类型的女子,留一头齐耳短发,喜欢扮演生气勃勃的角色。她也出演过叶芝的剧本,以"新女性"面貌出现,这大大颠覆了叶芝作品中的女性形象,直接导致叶芝改变文学风格。在叶芝早期的诗歌中,女性往往是伤感的,更像是一种浪漫符号,用来陪衬男性的勇猛。但法儿受萧伯纳的影响更多,心中有女英雄情结,这让叶芝大为惊讶。

此后叶芝笔下的女性发生了微妙变化,不再是那种面色苍白的人儿,渐渐都有了些力量,殊不知这是萧伯纳通过法儿,对叶芝产生了潜移默化的影响。叶芝对法儿的多才多艺印象深刻,最迷恋她的声音,认为她在舞台上演绎台词的情景声情并茂,无人能比。1893 年,法儿心血来潮,忽然提出要亲自做导演,导几出戏玩玩。

她要求萧伯纳和叶芝都给她写剧本,以壮声色。到了交稿日期,叶芝交稿了,为她写了出短剧《欲望的土地》,萧没完成。因为剧场要轮换上演剧目,才好吸引观众,法儿情急之下,找了个三流写手临时替换,结果那人写出的本子奇烂,不但观众寥寥,还连带祸及叶芝的短剧。法儿见状只得转而再向萧伯纳求援。

萧连忙救场,以最快的速度写出浪漫讽刺剧《武器与

叶芝

人》。谁说非得慢工出细活儿?急就章照样可以出经典,法儿自导自演,出演女主角,结果大获成功,该剧也被誉为萧最好的作品之一。最奇妙的是,这件事过后,法儿离开了萧伯纳,转而投进叶芝的怀抱,也许在她看来,叶芝虽然写剧本差些,但更在乎她。

叶芝此后也不再涉足戏剧,专心写他的诗歌。这个弗洛伦丝·法儿也够厉害的, 滋润了两位诺贝尔文学奖得主,1923年叶芝以诗集《丽达与天鹅》摘得桂冠,两年后的1925年,萧伯纳因剧本《圣女贞德》等获奖,要知道叶芝比萧小九岁,先夺走萧的恋人,又抢在萧前面获奖,内心的骄傲一定难以言表。

小镇陌路人

澳大利亚东海岸临近南太平洋的地方，有个临海小镇叫色罗尔，风景还不错。1922年，小镇来了一对英国男女，找海边一处小房子住下，一住就是九十九天，其间也没跟当地人有什么来往，后来就销声匿迹了，据说坐船去了美国。一年后的晚秋，也就是1923年，色罗尔忽然引起世人注意，原来英国作家劳伦斯（D.H.Lawrence，1885—1930）写了本小说《袋鼠》，故事发生在澳洲一座小城，而色罗尔就是小城的原型。

这时候当地人才知道，那对海边的男女是英国作家劳伦斯与其德国裔夫人弗丽达。劳氏夫妇分属英、德两国，因对一战持反战立场，又加上著作被禁，在欧洲不得安生，从1919年开始流亡海外，沿意大利、埃及、斯里兰卡一路往东，盛夏时节到达澳洲，发现色罗尔环境不错，满地都是跳跃的袋鼠，就住下来写《袋鼠》。

不过色罗尔的居民读过《袋鼠》后,对劳伦斯很冷淡,甚至有些厌恶,这又是为何呢?《袋鼠》实际上并没有描写袋鼠,里面的"袋鼠"是小说人物库里的昵称,这个库里观点右翼,同情法西斯主义,有评论家认为,劳氏用此人暗贬当时的澳洲军人政客罗森瑟。此外小说还用嘲讽的口吻,描述小镇世俗庸常的小市民生活,这自然让色罗尔居民非常反感。

《袋鼠》在劳伦斯的作品中分量不算重,但哪怕就是这样一本分量不算重的小说,也让色罗尔人感觉受到伤害,在漫长的时光里,色罗尔拒绝提及劳伦斯,仿佛他从未来过,或者来是来过了,但并不重要,色罗尔人没把他当回事。他不过是个偶然路过的陌生人,在色罗尔海边的椅子上坐了坐,随后走了。这样的陌路人很多,不值得追忆。

劳氏夫妇住过的宅子也一直归私人所有,并未因劳氏住过而与众不同,从未做过任何特殊标记。客观地说,劳伦斯对色罗尔的风景还是有感情的,不惜在书中用大量笔墨描绘当地的海岸风情,对山峦、铁路和加州风格的平房都有细致生动的描写,不过在心怀怨恨的当地人看来,他把风景写得这么美丽,无非是为了衬托人性的丑恶。

好在时光逐渐抚平了色罗尔人的伤口,七十多年后,也就是 2001 年,当地人终于开始原谅劳伦斯,在小镇的一个角落,给了他一个位置,不过也只是一个不起眼的位置。当

劳伦斯

年的小屋依然归私人所有，市政当局也奈何不得，只能在距离小屋几百米远处，辟出一片临海的绿地，旁边竖起一块牌子，上书"劳伦斯保护区"几个字。这已经是小镇人对劳伦斯的最大宽容。

潜记忆

　　大家都知道盲聋女作家海伦·凯勒（Helen Keller，1880—1968）的故事，她在老师沙利文的帮助下，把自己对生命与大自然的感受写成《我生活的故事》《假如给我三天光明》等书，风靡全世界。不过她的写作过程并非一帆风顺，除了要克服残疾带来的视听障碍，还要面对其他作家也可能遭遇的种种困局，比如她曾被指控剽窃，小小年纪就尝到什么叫悲伤。那么一位盲聋作者怎么可能剽窃呢？这事得从她十二岁时写的一篇故事说起。

　　那年小海伦进了一所盲人学校，因为天资聪颖备受校长安纳格罗斯喜欢，她也喜欢安校长，一次校长过生日，她灵感大发写了篇小说《霜之王》，描写森林里小鸟的故事，作为生日礼物献给他。安校长看过后大加赞叹，问她是从哪儿知道的，她坚持说是自己写的，于是校长拿到校刊上发表了。这本来是皆大欢喜的事，可不想没过多久，就有读者指出这故事与坎比小姐的小说《霜仙子》几近雷同，属于剽窃，这在注重知识产权的美国，是很严重的指控。

安校长听说后找来小海伦询问，她仍然坚持原来的说法，说故事是自己创作的。可舆论并不这样认为，有人把两篇文章拿来对比，发现不仅情节相似，连许多用词都一样，这下安校长生气了，认定海伦不诚实，从此不再理会她。为了给公众一个解释，学校组成一个八人临时委员会，由他们负责询问海伦，裁决究竟是否属于剽窃，结果是四比四，没有得出结论，建议继续调查。

这时整个社会都开始关注此事，大作家马克·吐温发言了，他说一个人初学写作，难免会受别人影响，况且作者还是个孩子，对小海伦表示同情；原作者坎比小姐也写信安慰小海伦。后来调查结果出来了，原来几年前沙利文带海伦去看一个朋友，朋友和海伦轮流说故事，朋友不会编，就说了一个书上看来的故事。这故事深深印在小海伦的脑子里，以至于她以为出自自己的脑子。

其实这样的情况，并非仅海伦·凯勒才有，在许多大文豪身上也有发生。尼采1885年创作的《查拉斯图拉如是说》里有一个故事，被认为取自五十年前出版的一本书。拜伦的诗剧《曼弗雷德》深受歌德作品《浮士德》的影响。史蒂文森更坦率，他在《金银岛》出版多年后写道："书中的鹦鹉取自《鲁滨逊漂流记》，骷髅源自爱伦·坡的小说，还有人告诉我，里面的围场，马里亚特早有描述，这一切都是有可能的，这些先辈在时间的沙滩上留下足印，影响到别人，而我就是那些别人之一。"童年时听过的鸟鸣，一直在脑海里回响，这种现象叫潜记忆。

海伦后来没再写小说，可见这件事给她的刺激有多大。后来她对自己想要叙述的事情，都坚持要亲自参与体会。

在黑暗中舞蹈

我们都知道一般人感知世界,要通过视觉、听觉、嗅觉、味觉和触觉,可对于海伦·凯勒来说,她主要靠触觉,要么由沙利文小姐将字母写在她手心上,要么她自己去触摸,比如认识水,她会将手放进流淌的河里,体会凉爽的液体徐徐流动,从而知道什么叫水。她还可以通过触摸人的嘴唇,知道对方说什么。海伦虽然看不见也听不见,但依然能感受生命的阳光,而我们许多人耳聪目明,心灵却是闭塞的。

然而不可否认的是,这种方式毕竟有其局限性,她自己也明白这一点,明白世上还有许多活动,是她未知的领域,比如跳舞。她知道女人喜欢跳舞,她也很想像她们那样驾驭那些动作,可是什么是跳舞呢?这个问题一直困扰她,是她深藏内心的隐秘。1952年,海伦已经七十二岁了,想到这个问题依然没能解决,她不免有些焦虑。她想起四十多年前与大文豪马克·吐温见面的情形,那时他也是七十二岁。

那年冬天她去康涅狄格州探望老马,他见她到来异常开心,先请她喝热咖啡,又牵着她的手上楼,推开窗户告诉她,外面是白雪皑皑的群山,雪山与杉树林构成冬天的美景。其实十五年前他们见过面,马克·吐温一直很欣赏她,其间通过书信保持着友情。那天告别时,老马忽然流露出孤单,说别急着走呀,永恒很漫长,大海可以等待。她预感跟他说再见,可能就再也见不着了。她的感觉是准确的,大文豪几年后溘然长逝。

原来多年来马克·吐温遭遇了一连串人生打击,先是最宠爱的女儿苏西死于脑膜炎,接着另一个女儿因癫痫病发作,在浴缸里溺亡,而后爱妻因过度悲伤心脏病猝发去世,他把这一切都深藏心里,装出若无其事的样子,跟海伦说笑话,说各种幽默故事逗她开心。每每忆念到此,海伦就感到悲伤,深深意识到命途多舛人生无常,也正因为到了这个年纪,有了这份阅历,她更觉得凡不明白的事情,要尽快去明白。

这年年底,海伦由朋友引荐认识了现代舞之母玛莎·葛兰姆,在玛莎的陪同下来到学校练功房。她触摸了地板、舞鞋,感受着舞者移动的方向,忽然问玛莎:什么是跳跃?玛莎跳了一辈子舞,还从未被问过这个问题,对常人来说,这不是问题,做个动作就明白了,可要让海伦明白,就没那么简单。玛莎叫来自己的男舞伴,让海伦把双手搭在他腰间,对他说,你跳起来,轻轻跳。

练功房里的所有人都屏住呼吸,注视着这一幕。他跳起

211

海伦·凯勒

来了,海伦的双手也随着他的身体上升,接着他向前跃了一小步,她的双手也随之往前。原来这就是舞蹈!海伦终于明白了,她用触摸的方式解开了心中的一个谜。1954年据此拍摄的纪录片《永不言败》荣获第二十八届奥斯卡最佳纪录片奖,片子反映海伦如何突破黑暗寂寞的世界,度过光明热烈的人生。海伦本人参加了拍摄,她双手合拢站在一群舞者中央,感受着周围风一般的旋转。

"山林纵火者"

　　美国麻省的康考德镇,出了个名人叫梭罗(Henry David Thoreau,1817—1862)。梭罗当年因反对美墨战争、反对奴隶制、拒交人头税等名噪一时,坐过一天警局大牢,他倡导的非暴力不合作观点,深刻影响了甘地和马丁·路德·金等人,其代表作《瓦尔登湖》更是家喻户晓,他因此书一跃成为美国生态运动之父。康考德风景优美,按中国人的说法是块风水宝地,梭罗早年在康考德受教育,晚年叶落归根逝于康考德,一生生于斯死于斯,可谓其人生福地。

　　据说狄更斯久仰梭罗大名,对康考德非常好奇,曾再三盘问爱伦·坡,想知道是一块怎样的土地,滋润了梭罗的各种奇思怪想。不过当地人对梭罗的记忆却并非那么美好,这源于梭罗的一次山林野炊。1844 年 4 月 30 日,二十七岁的梭罗与好友霍尔划一艘小船进入萨德波力河,顺流而下来到菲尔黑文湾,这里距康考德不远,环境十分幽雅。两人抓了一些鱼,靠岸支起木架,准备吃一顿美味的烤鱼。

烤着烤着,不想火星溅到周围的枯草上,火苗瞬间蔓延开来,两人用脚踩,又用树枝扑打,都无济于事,眼看山火开始熊熊燃烧,霍尔慌忙跳上小船逃生,梭罗则一路狂奔,跑回康考德镇报警,背后是滚滚浓烟。好在他报警还算及时,山火被闻讯赶来的人们控制住,否则整个康考德将陷入灭顶之灾,不过火灾还是烧毁了三百英亩树林,损失按当时市值达两千美元。次日,当地报纸报道了梭罗与霍尔闯下的大祸,指责两人举止轻率,应该承担刑事责任。

　　霍尔父亲是本地名流,立刻出面赔偿损失,用钱把局面掌控住,这才平息了大家的怒火,但是怨恨并没有消失,大伙儿把梭罗称为"山林纵火者"(The Woods Burner),梭罗名声扫地情绪低落,走在路上都抬不起头。这时候爱默生出手帮了他一把。爱默生在瓦尔登湖畔买了一块地,邀请梭罗过去盖了一栋小木屋,于是梭罗在瓦尔登湖边隐居两年,认真思考人与自然的关系,写下了《瓦尔登湖》一书。该书的出版,算是他对大自然的一种偿还。

　　瓦尔登湖是一座很平常的小湖泊,这种湖泊在麻省随处可见,只是由于梭罗曾在其北岸居住思考,如今才名声大噪。梭罗仔细描述了湖泊的形成、湖水与森林的关系,以及有关瓦尔登湖的历史传说,认为一个人只有生活在自然当中,才能获得灵魂的解放。该书的特色一方面固然是其崇尚大自然的态度,另一方面也得益于其从容的文笔。弗罗斯特

梭罗

说："他只用一本书,就涵盖了生活的全部。"

如今瓦尔登湖畔的那座小木屋,经过重建后成为环保主义者膜拜的场所,里面按当年简单朴素的原样进行布置,只有一个床铺、一张圆桌和几把椅子,而梭罗实际用过的家具,包括床铺和座椅,已被波士顿博物馆收为藏品。美国毕竟只有两百多年历史,一百多年前的故事,都堪称经典,成为爱国主义教育的最好素材。

酒鬼埃文斯

惠特曼（Walt Whitman，1819—1892）是大诗人，一部《草叶集》奠定了其在世界文学史上的地位。这里说的是大诗人成名前的故事。1840 年，二十岁的惠特曼由长岛来到纽约，先后在各家小报做小记者，一度还去《新世界》任过职，那家报纸的总编叫格雷斯沃德，是爱伦·坡的死对头。惠特曼做记者主要是为了糊口，他的抱负不是做新闻，而是写诗。

一天他将自己的诗作收集成册，小心翼翼地拿给一家纽约出版商，询问是否有出书的可能。这些年惠特曼写了不少诗，零星发表在各家报刊上，虽然也有一些反响，但总体来说不算太热烈，他还是个年轻的无名诗人。出版商随意翻了翻，说这样吧，你帮我写本小说，稿费一百二十五元，这些诗就算了。彼时纽约的房租是月租十美元，爱伦·坡的长诗《乌鸦》在《晚镜报》发表，也只有稿费十四美元。

换了别的诗人，可能会觉得太伤自尊了，要么沉默要么拂袖而去。这位大胡子诗人却不这样想，他觉得这是个很好的机会,没准自己还可以写部畅销书呢,有了畅销书,再去推销诗集就容易多了。他满口答应,去街上拎了几瓶姜汁酒,兴冲冲回到租住的小屋,关起门来构思平生的第一部小说。他还是蛮拼的,将自己关了几天几夜,以每天两万字的速度,一口气写出了小说《富兰克林·埃文斯》(又名《酒鬼人生》)。

小说带有强烈的自传性质,是惠特曼对自己早期人生的回顾与反思。他初来纽约时,结识了一群街头混混,整天狂喝烂饮,过着醉生梦死的日子,自己也知道这样不好,但一直无法抵御酒精的诱惑,直到有一天,妻子病死了,他才猛然意识到,自己活得有多窝囊,连老婆都护不住,于是下决心戒掉了酒瘾。小说中的酒鬼埃文斯,就是惠特曼自己,其他角色也都有现实生活中的原型。

惠特曼如期将书稿交给出版商,他倒是并不看好这部小说,始终认为跟诗歌比起来,小说的文字不够精准,登不上大雅之堂,他甚至自嘲这是部"垃圾之作",不愿署自己的真名。可是读者不这样看,《富兰克林·埃文斯》印出来后,竟然受到读书界热烈追捧,书中有关知识与诚信、财富与幸福的论述,击中了广大读者的泪点,埃文斯自我救赎的不懈努力,感动了美国人。两万册小说一销而空,出版商大赚一票。

惠特曼无心插柳,却长出一棵参天大树,不过小说的意外成功,并没有改变他的文学追求,他还是决定继续写诗。这是惠特曼的第一部,也是唯一一部长篇小说,事实上,哪

惠特曼

怕就是写小说,他也更擅长使用诗意的语言。十三年后,惠特曼写出了成名作《草叶集》,据说诗中原来有这样的句子:啊,美酒,你是快乐之源头。这是诗人由衷的心里话,不过后来删掉了。《草叶集》固然很优秀,但是没有任何一版《草叶集》一次印刷能超过两万册。曲高和寡,这是诗歌的命运。

由班房到文坛

文学是这样一种东西，喜欢的喜欢得要死，讨厌的讨厌得要命。像许多大作家一样，欧·亨利（O.Henry，1862—1910）小时候就喜欢看小说，被《一千零一夜》迷得神魂颠倒，小小年纪就开始模仿。像许多大作家的父亲一样，欧·亨利的父亲一直反对儿子写小说、写那些没用的东西，他要儿子学几门谋生的手艺，以免老来穷困潦倒。

欧·亨利是笔名，他原名威廉姆·波特，三岁丧母，父亲老波特是个医生。在老波特的安排下，小波特选修了药剂学，后来进药房当了个小伙计。在家里人看来，这是份有保障的工作，收入也不错，可是燕雀安知鸿鹄之志，小波特根本不想做小伙计，他要当大作家。二十岁那年，他随父亲迁居得州州府奥斯汀，在一家银行担任出纳，娶得州女子阿索尔为妻。

几年后，他离开银行，携妻女迁居休斯顿。就在离开银行不久，银行发现他经手的款项少了 854.08 美元，警方立刻传讯他,并准备开庭审理。钱是分三次丢失的,其中一次还是在他离开后才发生,他如果请律师打官司,是输是赢还很难说。可是这个文学青年厥了,就在开庭前一天,他撇下一家人不顾,先是逃到邻近的新奥尔良,而后又逃往洪都拉斯,彼时洪都拉斯与美国没有引渡条约。

突如其来的变化让阿索尔六神无主,她本来就患有结核病,一下就病倒了,病情迅速恶化。小波特闻讯,只好赶回来见了妻子最后一面,同时向当局自首,被判五年监禁,理由很简单,你如果没贪污,为啥要逃走?这个囚号30664的犯人,被关进俄亥俄州州立监狱,入狱后沉默寡言,从不为自己分辩,只是深感人情苍凉,世事无常。后来有证据表明,钱款遗失完全是银行自身疏于管理造成的,常有客户未签凭证,就将钱款提走。

由于小波特有一技之长,他被分配管理监狱医院的药房,并分给他一个单间。他每天都把自己关在房间里,旁人纳闷他在里面干吗,其实是在读书写作。他与阿索尔有两个孩子,一个病死了,幸存的女儿由外公外婆照管。妈妈去世后,女儿问爸爸呢?老人不好直说,就对她说爸爸出远差了,要去好几年才回来。

他把在监狱听到的各种离奇故事,写成精练的短小说,托监狱外的朋友拿去发表,当然不能用威廉姆·波特这个名字,于是取了个笔名欧·亨利。这个笔名究竟是什么意思,至

欧·亨利

今仍有争议,有的说是作者随手捡报头字母组合而成,有的说是一个法国知名药剂师的名字缩写,还有的说取自他服刑的那家俄亥俄监狱。

对文学而言,无论什么样的遭遇,都可以化为财富。波特如此痴迷于写作,做梦都想当作家,以至于稀里糊涂进了班房。不承想塞翁失马焉知非福,正是这段坐牢的岁月,促成了其文风的蜕变,成就了一代短篇大师的文学大业。他在牢里写了十四篇短小说,欧·亨利这个名字引起了文学界的注意,最终由监狱走进了文学史。

老姜德莱塞

德莱塞（Theodore Dreiser，1871—1945）出道早，是美国文坛大佬，要说他的地位有多高，听听辛克莱·路易斯的高论即可略知几分。辛克莱·路易斯（Sinclair Lewis，1885—1951）是获诺贝尔文学奖的第一位美国作家，他在获奖后对媒体说，他觉得诺奖高看自己了，另外几位美国作家更应该获此殊荣，在他列举的那几个作家中，德莱塞是第一个，德莱塞之后才排到海明威。虽然这是路易斯的谦辞，但也可以看出德莱塞的分量。那是 1930 年的事，那年德莱塞刚好六十岁，路易斯年满四十五岁。

到了 1931 年，才过了一年，事情就急转直下。这年有个苏联作家来访，纽约文学界设宴招待，请来了德莱塞，还有醉醺醺的路易斯。路易斯获奖后并不快乐，随时要面对评论界的冷嘲热讽，那些可恶的评论家不断挑他的刺，说《大街》这里不好，《巴比特》那里不好等等，弄得他穷于应付、焦头烂额，只好整天借酒浇愁。本来诺奖都得了，对那些指责付之一笑即可，但路易斯总往心里去，总认为别人有意为难他，心情自然就不畅快。

这天也不例外。主办者客套几句后，请路易斯也说几句。路易斯站起来，忽然说："今天当着那婊子养的面，我什么也不想多说，那婊子养的从我老婆的书里抄袭了三千字，还当着旁人的面对老子获诺奖说三道四。"这几句话震惊了在场的所有人，立刻引起媒体关注，有记者马上捕捉到信息源，原来是三年前，德莱塞与路易斯的未婚妻汤普森等人一道应邀访问苏联，回来后写了不少文章，今年刚出了本新书。

这位以长篇小说《美国的悲剧》成名的大作家，将新书取名《悲剧的美国》，抨击美国人的生活方式，赞扬苏联人过得更好。这倒也不算什么，是那时代欧美文化界的潮流，问题在于书出来后，遭到汤普森的指责，她如今已是路易斯太太。路太太指控书中的内容，有相当一部分抄袭她在报纸发表的访苏连载。与此同时，纽约一家报纸也挑出德莱塞新写的一首诗，说这诗与舍伍德·安德森的旧作极其相似，并把两首诗并排发表出来给读者看。

德莱塞是否抄袭别人，后人自然有不同解读，而路易斯在众人面前的无情辱骂，激怒了德莱塞。他一直忍到宴会结束，这才走到路易斯面前，所有人都屏住呼吸，想看看接下来会发生什么。"你这个蠢货，你再说一遍？"德莱塞逼视对方。路易斯不甘示弱，真的一口气又说了一遍。德莱塞上去

辛克莱·路易斯

就是一记耳光,啪地打在路易斯的左脸上。路易斯立马想要还击,但众人一拥而上,把他俩分开了。

路易斯的发言,以及随后发生的宴会殴斗,占据了世界各国报章的显著位置。更要命的是,随着记者对事件的深度挖掘,又爆出德莱塞不仅抄袭汤普森,还在访苏期间与她互生情愫,这给路易斯带来更多烦恼。舆论大多偏向德莱塞,认为路易斯在公共场合发泄个人私愤,举止过于幼稚,不仅于事无补,反而自取其辱。有人建议路易斯与德莱塞来场轻量级拳击赛以分胜负,当然这是个玩笑。姜还是老的辣,在这件事情上,德莱塞完胜。

斯坦贝克与罐头厂街

旧金山南边的滨海小镇蒙特雷，有个旅游景点叫罐头厂街，里面有一些沙丁鱼罐头加工厂的旧厂房。旧厂房有什么好看的呢？原来这地方与斯坦贝克（John Steinbeck，1902—1968）的一部小说有关。斯氏出生于距蒙特雷不远的山村小镇萨利纳斯，那里位于加州山谷，拥有优美的乡村景色，他曾经写道："不是每个人都有那么好的运气，能够出生在萨利纳斯的。"这话自信满满，让人印象深刻。

事情得从 1930 年说起，那年斯坦贝克二十八岁，遇见一个叫艾德·里吉茨（Ed Ricketts，1897—1948）的高个子男人，这人是海洋学家，喜欢谈论哲学。斯氏上大学时曾选修过海洋生物学，两个男人一见如故。有段时间斯氏写作不顺利，情绪极为沮丧，里吉茨就为他弹琴"疗伤"。后来实验室遭遇火灾，烧掉了里吉茨的所有资料，这次轮到斯氏安慰朋友了，他不离不弃，一直陪伴里吉茨。

1945 年，斯坦贝克出版小说《罐头厂街》。他这样写道：

"加州蒙特雷的罐头厂街,是一首诗,一股味,一阵刺耳声,一片耀眼的亮光,一个音符,一种习惯,一种怀旧和一个梦。生锈的铁罐铁条,劈开的木头,破损的人行道,杂草丛生的垃圾堆,铁栏围住的沙丁鱼罐头厂,酒吧,饭馆和妓院,还有狭窄的杂货店,实验室和小旅馆,所有这一切,全都集中在罐头厂街,杂乱无章地摆放着。"

他所描述的场景,正是取自蒙特雷码头的这条街。20世纪初,渔民捕获大量沙丁鱼,加工成鱼罐头行销全美,可好景不长,遇上大萧条,罐头厂纷纷倒闭。小说以此为背景,讲述小镇上的故事。镇上住着一个叫道克的海洋学家,为人不错,一次邻居为他举办舞会,结果舞会酿成火灾,把他的书信手稿全烧了。小说还专门描写了一个杂货店华人李老板。"李老板并不贪婪,你要花钱,他当然高兴,你若没钱,可以赊账。"

读者很快辨认出,小说中的道克就是里吉茨。斯坦贝克赋予道克多重性格,既聪明睿智,又好色好酒,与罐头厂附近的妓女混得烂熟,"那张脸一半是耶稣,一半是酒色之徒,掩藏不住真相"。里吉茨够大度的,从头到尾看完了小说,没有发表评论,后来在旁人的一再追问下,他才说了一句:"他这样写,并没有恶意。"《罐头厂街》是"蒙特雷三部曲"的第二部,另外两部分别为《煎饼坪》和《甜蜜的礼拜四》。

里吉茨与斯坦贝克友情依旧,1948年春天,两人为合著

斯坦贝克

《海岸之外》,计划前往加拿大研究海洋生物。里吉茨把前期研究资料准备好,交给了斯氏。就在出发前几个星期,1948年的5月8日,里吉茨在驾车回家途中,路经距罐头厂街不远的一个交叉路口时,与一列火车相撞,三天后伤重去世。

斯氏怀着悲伤完成了《海岸之外》,署上两人的名字。他在前言中说:"我们一切都准备好了,车票也买了,准备去大洋深处的夏绿蒂女王群岛,观察那儿生物的变化,可艾德死了。也许有人会去那个岛做研究,但对我而言,已不再有那样的念头。"后人在里吉茨出车祸的路口,为他立了一尊铜像,手里捧着一只海星。

酒杯或橘子

在美国"垮掉派"的早期圈子里，有一位很活跃的女子，叫琼·弗尔默（Joan Vollmer, 1923—1951）。弗尔默在大学念书时，就着迷于垮掉派的活动，整晚讨论各种文学主题，显得激情洋溢。她的大学舍友叫伊迪·帕克，也是个女文青，后来嫁给了《在路上》的作者凯鲁亚克，弗尔默则爱上了垮掉派另一员主将巴勒斯。弗尔默当时已为人妻，丈夫是个军人，正在欧洲作战，得悉她与巴勒斯过从甚密，回国后就办了离婚手续，她倒也干脆，索性搬去跟巴勒斯同居，也不办理结婚登记，就自称是巴勒斯夫人，还生了个儿子。

巴勒斯是个瘾君子，不久因私藏海洛因被捕，搜查中又发现金斯堡的信，说是有意偷运大麻，于是巴勒斯被判有罪，就在准备把他关进大牢时，他竟然越狱逃走了，一路狂奔逃往墨西哥城。弗尔默闻讯带着孩子赶往墨西哥，与巴勒斯会合。巴勒斯准备在墨西哥城住上五年，等通缉令失效后返回美国，但他跟弗尔默的关系开始出现裂痕，两人相处并不愉快，弗尔默也染上了毒瘾，不但吸安非他明，还酗酒，每当喝得醉醺醺，就拿巴勒斯开涮，说他自以为了不起，其实一事无成，就是个窝囊废。

1951年9月6日傍晚，巴勒斯从南美洲回来的第三天，两人带着孩子，来到墨西哥城一家美国人开的酒吧，约了几个朋友一道喝酒。喝着喝着，巴勒斯掏出一把手枪，对弗尔默说："怎么样，我们演一出《威廉·退尔》？"这是席勒的剧本，讲述瑞士民族英雄威廉·退尔反抗奥地利统治的故事。弗尔默大概熟悉这出戏，于是往头顶放了一个玻璃杯，侧身看着巴勒斯。她有些醉，他也晕晕乎乎，子弹没击中杯子，击中了她的头部，她当即殒命。众人大哗，警察赶了过来。

巴勒斯为何枪杀弗尔默？是有意还是无意？有很多版本。在律师的诱导下，巴勒斯多次更改说词，一会儿说威廉·退尔，一会儿说在试枪；弗尔默头上放的物件，也更换多次，先说葡萄酒杯，后说威士忌酒杯，甚至说是橘子。最奇怪的是两人刚满四岁的儿子，他说"我妈往头上放了一样东西，好像是苹果、杏子还是葡萄，也好像是我，对我爸说来呀，有本事你拿枪打呀，我爸就一枪打中了我妈"。真不知道是他编的，还是旁人教他说的。墨西哥警方当然不会那么轻信，把巴勒斯抓起来关进牢里，准备按杀人罪判刑。

这时他哥哥闻讯赶来了，花好几万美元贿赂律师和检察官，把弟弟捞出来，悄悄带回美国。巴勒斯最终以酒醉过失杀人被判刑两年，缓期执行。弗尔默之死如头顶的阴霾，一直笼罩着他的后半生，他觉得自己被魔鬼附身，潜意识里确实有杀掉她的冲动，这个内心的魔鬼，只有通过写作才能驱除，他后来写出小说《赤裸的午餐》（该书 2005 年入选《时代》周刊评出的"20 世纪一百本最佳英文小说"）。1997 年巴勒斯去世，去世前的一天夜里，他突然对人说："我这辈子只做了两件事，杀了一个婆娘，写了一本书。"

劳里之死

作家中酒鬼无数,醉酒时的表现各不相同,有内敛型,只是倒头昏睡;也有外向型,动辄威胁打人。马尔科姆·劳里(Malcolm Lowry,1909—1957)属于后者。劳里一生只写了两部长篇,第二部叫《火山之下》,带有自传性质。这部小说讲述一个英国醉汉在亡灵节那天,来到墨西哥风景小城库埃纳瓦卡的经历。库城有两座火山,所谓"火山之下",指的就是发生在火山下面的库城故事。小说出版于1947年,反响并不是很热烈,在劳里去世后便被世人遗忘,但是随着《火山之下》1984年被拍成电影、1998年被美国现代图书馆出版公司评为20世纪百部最佳英文小说第十一名,作者一下又红了起来。

劳里自幼聪明过人,学习成绩非常好,父母希望他进剑桥深造,但他另有志向,说想先看看世界后再回来念书,于是到海轮上做了一名见习船员,花五个月时间转了一圈地球,到过中国和日本。回英国后他遵从父母愿望进了剑桥,没想到遇到一件事。他的一位同学向他表白遭拒绝后竟然自杀，这给他的一生带来浓浓的阴影，他总觉得自己对同学之死，负有不可推卸的责任，从此学会借酒浇愁，酒和文学陪伴了他的余生。

他嗜好写作，但与嗜酒相比，写作就不算什么了。他一旦喝醉就发酒疯，什么都往地上摔。1936年亡灵节，劳里与第一任太太简来到库埃纳瓦卡，试图拯救濒临崩溃的婚姻，结果归于失败，简无法忍受劳里的酗酒恶习，跟另一个男人跑了。劳里心灰意冷，除了继续喝酒，就是修改《火山之下》，这部小说他已经写了好几年，一直不知该如何收尾。劳里真是好福气，他应好莱坞之邀，前去改编菲茨杰拉德的《夜色温柔》，不想在好莱坞大道与西大街交叉的酒吧里，遇到了第二任太太，女演员玛格丽·博纳，她不仅会演戏，还会写剧本，很快帮他找回了写作的感觉。

两人婚后前往加拿大，劳里在温哥华写下了《火山之下》的最后一个句号，但是小说的出版并未带来预期的好评，这让劳里心烦意乱，目光又投向酒瓶。他喝得越多，心情就越不好，越不好就越写不出，越写不出就越想喝，完全陷入一种恶性循环中。更要命的是，玛格丽懒得劝他，自己也喝了起来。1955年，两人搬到英国苏塞克斯的一个小村子，想过与世隔绝的日子。

一天夜晚，两人喝着喝着又吵起来，玛格丽率先摔酒瓶,劳里抓起碎玻璃就要戳她,吓得她跑到邻居家躲避,一躲就是一个晚上。第二天回家,只见一片狼藉,地上除了碎玻璃,还躺着死去的劳里。法医在劳里的胃里找到安眠药,玛格丽也说,她回家时,在隔壁房间看见字条,是劳里的笔迹,上面写着"自杀"字样,可她把字条烧了。警方查不出死因,只好称他死于"意外"。劳里的朋友们不信她的话,一个醉醺醺的人,如何能写下两个字还放到隔壁房间?有人回忆说,劳里曾说过,总有那么一天,他和玛格丽,不是他弄死她,就是她害死他。至于真相如何,永远是个谜。

马尔克斯谈美国

　　一般人都以为《花花公子》杂志只刊登娱乐内容，实际上该杂志还辟有方方面面的专栏，这其中也包括文学，尤其是对大作家的访谈，是杂志的特色之一。1982年，哥伦比亚作家加西亚·马尔克斯（Gabriel García Márquez，1927—2014）因《百年孤独》获诺贝尔奖，当时他因国内局势动荡正客居巴黎，《花花公子》老板赫夫纳闻讯后，派女记者克劳迪娅采访了他。

　　克劳迪娅为这次采访做了大量功课，共采访了二十多个小时，访谈内容经过整理后，刊登在次年的《花花公子》杂志上，不过刊登的只是部分内容，相当多的访谈记录，因为种种原因未能与读者见面，其中包括马尔克斯对美国的看法。20世纪80年代的拉美作家，政治上普遍左倾，帕斯、聂鲁达都亲共，马尔克斯也不例外。他与略萨一度是朋友，但最终他成为卡斯特罗的座上客，而略萨选择了皮诺切特。2014年，克劳迪娅公开了一部分未曾披露的内容，其中有关美国的访谈如下：

问：您为什么总是用北美称呼美国？

答：美国人总喜欢将美洲（America）一词据为己有，好像他们是唯一的美洲人，实际上美洲地理狭长，幅员辽阔，从南极到北极都属于美洲，美国人声称自己是"美国人"，给人感觉好像整个美洲大陆只有他们是美洲人，其他国家的人都无名无姓了。

问：也可以把美国叫合众国吧？

答：为什么合众国就一定是指美国，美利坚合众国？除了美国，我们还有墨西哥合众国、巴西合众国（1889—1967），对不对？我这样说并没有赌气的意思，别忘了我唯一的学位是在美国拿的，我喜欢北美文学，他们的评论家很棒，最懂我的小说。可是作为一名拉美作家，拉美文学的忠实信徒，我不喜欢北美人霸占美洲这个词。

美洲就像一艘船，有头等舱、普通舱、驾驶舱和水手，我们拉美人不想总待在驾驶舱，也不想北美人总待在头等舱，我们也不想毁灭头等舱，因为整艘船的命运是绑在一起的，要沉大家一起沉。这是历史的命运，拉美人和北美人必须同舟共济。还有一点，古巴也是船上乘客的一部分，我倒是希望古巴人能找艘拖船，往另外的方向划，离佛罗里达越远越好。

问：您二十多年前曾是驻美国的穷记者，当时有没有走遍美国南方？

答:是的,我读了福克纳的小说,非常佩服他,于是做了个决定,坐灰狗巴士从纽约一路南下,直到墨西哥边境。我选择坐"灰狗",一是想仔细观察福克纳笔下的乡村,二是没钱。

问:那片地方看上去怎么样?

答:我看到的南方乡村,与我的哥伦比亚老家阿拉卡塔卡非常相似,阿拉卡塔卡也有许多木头搭建的棚户,上面盖着铁皮。我看见福克纳的家乡,路边有许多小店铺,老百姓坐在店铺旁,将脚伸出栏杆外,贫富的差别也是很相似的。我感觉福克纳就是个加勒比海作家,那地方的文化同样影响着墨西哥湾和密西西比河。

博尔赫斯两件事

大家都知道，阿根廷有世上最优秀的球星，比如肯佩斯、马拉多纳、卡吉尼亚、梅西，还有世上最狂热的球迷，赢了举国欢庆，输了举国痛哭，一曲《阿根廷别为我哭泣》在全国各地此起彼伏。这首歌本来是用来哀悼庇隆夫人的，如今常被当作阿根廷国家队的哀歌。

说起来也令人唏嘘，阿根廷队球星灿烂，球技出众，但常在世界大赛扮演悲情英雄，这首歌几乎成为阿根廷队的队歌，每逢大赛，必然响起。这些都不算什么，最奇特的是，阿根廷还有世上最厌恶足球的当代大文豪，那就是被誉为"天堂图书馆馆长"的博尔赫斯（Jorge Luis Borges，1899—1986）。

博尔赫斯平生最讨厌的两件事，一是庇隆主义，二是足球。

先说第一件。他本来只是一介书生，在图书馆谋份差事，终日埋首于故纸堆中，可是他不想惹政治，政治却惹上了他。麻烦来自1946年的总统大选，那年的总统之争在劳工党候选人庇隆和民主联盟候选人塔姆博里尼之间展开，庇隆挟前年赈灾的威望，又有妻子艾娃全力辅佐，势头如火如荼。

可博氏"不识时务"，他非常不喜欢庇隆的政治主张，觉得所谓为穷人谋福利是政治噱头，根本不可能兑现，尤其不能接受庇隆先前与希特勒和佛朗哥关系暧昧，于是在一份反对庇隆的知识界声明上签了名。这下不得了，他被艾娃也即庇隆夫人盯上了。

庇隆胜选后，艾娃开始收拾博氏，先免除他在图书馆的职位，接着宣布"提拔"他为首都菜市场鸡鸭主管，这分明是在嘲讽他，管书还不如管鸡鸭。博氏问为什么？回答是，你不做这个还能做什么？

博氏将此举视为对他的巨大侮辱，发表声明断然拒绝，从此与庇隆夫妇结下梁子，连艾娃死后也不放过，说谁在乎一个婊子的死活？阿根廷作家也声援他，次年选他做全国作协主席。本想一心沉迷于象牙塔、玩弄小说技巧的博尔赫斯，就这样身不由己地成为反庇隆主义的标志性人物。

如今回过头来看，艾娃与博尔赫斯的冲突，除了理念不同，还有个体的原因。博氏出生书香门第，素来陶醉于书斋，看不上底层贩夫走卒，常有刻薄言辞。艾娃是歌厅舞女出身，一路摸爬滚打，最终嫁给庇隆将军，成为"第一夫人"。她一定是感觉到了博尔赫斯对她的轻蔑，哪容得下这种傲慢的"贵族"？博氏身为大作家,居然忘记了这一点,当然要付出代价。

除了庇隆主义,博氏最厌恶的就是足球了。不喜欢足球的男人,世上也很多,但像博氏这样非但不喜欢,而且大加贬损的,还真不多。他从各方面抨击足球,先是艺术性,说足球是"一种美学上的丑恶运动,十一个人和另外十一个人追着一个球的对抗,一点也不优美";继而是商业性,博氏尤其讨厌买卖球员,认为这种做法与买卖黑奴无异;接着是时尚性,他说没错,足球是很流行,因为愚蠢也很流行。

最后,也是最重要的,是地域性。博氏在一篇文章中写道:"真是奇怪,人们从没有因为英格兰给这个世界填满了愚蠢的游戏,例如足球这样纯粹的身体运动而责备过他们。足球是英格兰最大的恶行之一。"

要知道每个阿根廷人,都明白在祖国的东海之外,有一片群岛叫马尔维纳斯,都对英国人一百多年来占据马岛耿耿于怀。1982年的那场战争,更是阿根廷人心中永不愈合的伤口,所以每逢英、阿两国球队在国际赛场上遭遇,都被阿根廷人视为事关尊严与荣耀的战斗,不能输,只能赢。博氏这样评价足球,无非也是借此出一口恶气,在他看来,足球是英格兰最大的恶行之一,恶行之二就是占据马岛。

1978年,第十一届世界杯在阿根廷举行。这可是万众瞩目的大事,每次阿根廷队与对手交锋,都成为举国关注的焦点,人们可以放下手头的任何活动,目不转睛观看赛事,连当时的军政府首脑都可以不办公,在总统府里带头看球。

阿根廷队最后与荷兰队争冠,加时赛以 3:1 胜出,全国顿时陷入狂欢。博尔赫斯却不为所动,依旧在书斋里写自己的文章,有朋友问他为什么不激动呢,这是每个阿根廷人的骄傲呀?博氏淡淡地说,我还没战胜斯宾诺莎。斯宾诺莎是 17 世纪的荷兰思想家。

猎艳之旅

说起英国作家赫伯特·乔治·威尔斯（Herbert George Wells，1866—1946），大家都知道他写的科幻小说《时间机器》《隐身人》很有名，世人有所不知的是，他还有个名声叫"猎艳高手"，尤其善于猎取文学女性的芳心。他的婚史倒是不复杂，只有两段，先是娶了表姐，不久爱上自己的学生简，表姐很达观，说那就分手吧，你跟她去过，我自有去处。他跟简生了两个孩子，在英国东南小城福克斯顿安家，请著名建筑师沃伊西为他设计了一套黑桃别墅。沃伊西以设计红桃别墅著称，在每扇门上勾勒一个红桃图案，威尔斯不喜欢从众，要求把红桃改成黑桃。这套别墅现在还在，标明为威尔斯故居。

说起来威尔斯的风流浪漫，完全得益于第二任夫人简的宽容，她只顾带孩子，对丈夫在外面的艳遇不闻不问。威尔斯交往过的女子五花八门，有的背景还很复杂，比如美国计划生育首倡者桑格、荷兰女冒险家科恩等等，还有高尔基女秘书布德伯格，该女郎为乌克兰人，生得美艳异常，是英国与苏联双料间谍，威尔斯跟所有男人一样，一见面就拜倒在其石榴裙下，虽然求婚未果，但两人关系一直维持到他去世。不过作为知名作家，威尔斯最拿手的好戏，自然是吸引文学女性，这里仅举三例。

威尔斯四十五岁那年，在瑞士遇到女作家阿尼姆，她是短篇小说大师、新西兰女作家曼斯菲尔德的远房表姐，也热衷于写作，有畅销书《伊丽莎白与其德国花园》一书流传后世。两人相见恨晚，早上漫谈文学艺术，下午漫步于山泉树林，晚上看似各回各的房间，但两间房之间是有小门相通的。一天早餐时，阿尼姆翻开《伦敦时报》，见上面有封读者来信，是一位老派女作家写的，抨击年轻作家热衷于偷情，不思进取，特别点名女评论家丽贝卡。阿尼姆看过后把报纸扔了，嘲笑写信人是个卫道士。

阿尼姆并不知道，丽贝卡偷情的对象正是威尔斯！威尔斯注意到丽贝卡，是因为她写了一篇评论，说威尔斯是"小说家中的老处女"，讽刺他的小说《婚姻》太古板。威尔斯并不生气，反而请她来家里做客，极尽诱惑之能事，终于把丽贝卡变成自己的情人，后来还生了个私生子叫安东尼·韦斯特，这孩子毕竟是两位作家孕育的，从小聪明过人，长大后也成了位知名作家。丽贝卡虽然跟威尔斯生了孩子，但依旧不喜欢他的小说，声称乔伊斯和劳伦斯才是她的最爱，这让威尔斯很是伤心。

赫伯特·乔治·威尔斯

威尔斯结交的女子通常都很通情达理,合得来一起过,合不来拜拜走人,一直没遇上麻烦,不过也有例外。五十七岁那年,威尔斯遇到奥地利女子海德薇格,她热烈地喜欢着威尔斯的小说,并成为其作品德文版译者,可见文学功底非同一般。她由喜欢其文发展到喜欢其人,成为其情人。可奥地利人跟德国人一样,认真起来吓死人,她向威尔斯求婚遭拒,一怒之下撞进黑桃别墅,在客厅割腕自杀未遂,鲜血溅到威尔斯身上,场景十分血腥。这件事终结了威尔斯的猎艳之旅,他后来悻悻然说,我确实爱过不少人,但我不是好色之徒。

在中国任职的洋诗人

20世纪的许多世界知名诗人，都与中国有一点缘分，他们选择中国作为人生的一个驿站，给自己未来的诗歌风格埋下神秘主义的伏笔。这里首推法国诗人克洛岱尔，他是罗丹情人卡蜜儿的弟弟，1895年来中国任外交官，先后担任法国驻上海、福州、汉口和天津领事，从二十七岁做到四十二岁，度过了人生的盛年。

克洛岱尔给自己取了个中文名字高禄德，这名字看上去不够文艺，是用来跟官府商界打交道的。驻华十四年，他潜心创作诗歌，有代表作《五大颂歌》等问世，同时将唐诗宋词译成法文，为日后的诗歌创作打下了坚实的文学基础。克氏此后曾六次获诺贝尔文学奖提名。

英国诗人燕卜荪（William Empson，1906—1984）的诗名不算大，但对中国现代诗歌有很大影响，他任教于抗战时期的北京大学西语系，曾随师生一路南迁，过长沙、衡阳、蒙自到昆明,见证了中国人民殊死抗战的艰难时光,诸多日后的翻译家、语言学家,如赵瑞蕻、王佐良、许国璋、李赋宁、杨周翰、巫宁坤等,都曾受教于他。燕卜荪的代表作是诗歌理论著作《朦胧的七种类型》,品评英诗各大家的优劣,在欧美有较大影响。在中国逗留期间则有长诗《南岳之秋》传世。

接下来这位英国诗人朱利安·贝尔(Julian Bell,1908—1937),有着显赫的家境,他妈妈凡妮莎是个小有名气的画家,凡妮莎有个妹妹,是大名鼎鼎的弗吉尼亚·伍尔芙,也就是说,贝尔是伍尔芙的外甥。贝尔受姨妈的影响,也喜欢文学,写过不少诗,在姨妈的引荐下,结识了一些中国文人,他认为徐志摩的英文很烂,比林徽因差远了,不知这评价是不是带点醋意。

1935年,贝尔应武汉大学文学院院长陈西滢邀请,出任英语老师,不想这年轻人与院长夫人凌叔华一见钟情,两人鸿雁传书数十封,先后在北京、广州等地幽会。女作家虹影据此写了本情色小说《K》,讲述贝尔与其第十一个情人K的故事,暗喻这段婚外恋。凌的后人以"诽谤死者罪"起诉获胜,该书遂被判重写,改书名为《英国情人》。贝尔后来参加西班牙内战,像诸多左翼文人一样支持共和军,在一次空袭中阵亡。

1949年以后,也有一些诗人来访。在1984年,有一件事值得一提,那就是垮掉派诗人金斯堡,选择去位于保定的河北大学当了三周外教。金斯堡没有选择北京上海,却选择了保定,大概是因为那些头戴白毛巾出没于青纱帐的北方农民更符合他心目中的中国,对此他在《一天早上,我在中国漫步》一诗中,有生动的描绘。

盖尔与《中国十八省府》

　　美国摄影家威廉·埃德加·盖尔（William Edgar Geil，1865—1925），出生于费城东北的宾州小镇多伊尔斯敦，是英国皇家地理学会会员，大半生都在世界各地游走，足迹遍及各大洲，喜欢深入腹地，拍摄偏远地区的民俗与自然风光。他在大学时读了不少有关中国历史文化的书籍，分别于 1903 年、1908 年、1910 年和 1919 年四次来华，泛舟长江，攀登五岳，据说用三个月时间，从山海关走到嘉峪关，成为徒步走完两千五百公里明长城第一人。他后来又去中非拍俾格米人，去巴布亚新几内亚拍食人族，一刻都没闲着。敢于孤身出没于蛮荒之地，自然需要一身本领，据说此公擅长格斗，枪法精准。

　　盖尔拍摄的图片，真实再现了中华大地的山川地貌和人文风情，在他生前就分成不同主题在纽约和费城出版。《中国长城》记录了自己的长城之旅，《中国五岳》收入的是在泰山、嵩山、衡山、华山和恒山拍摄的旖旎景色，《扬子江上的美国人》记下了一个美国年轻人在长江两岸的所见所闻。最有意思的是《中国十八省府》，按旅程的时间顺序，集中展示了十八座当时省城的风貌，依次为杭州、福州、广州、桂林、贵阳、云南府、苏州、南京、安庆、南昌、武昌、长沙、成都、兰州、西安、开封、太原府、济南，最后是国都北京，基本上囊括了当时中国的大都市，足见盖尔旅游覆盖面之宽广。

盖尔当年是由广州沿西江逆流而上到达广西的，先到梧州，然后顺桂江（漓江）经平乐、阳朔到省府桂林，拜会时任广西巡抚张鸣岐。张鸣岐1903年到桂林，先做幕僚，辅佐两广总督岑春煊，后经岑举荐，做广西布政使，继而做上巡抚。张在广西推行新政，办学堂，设审判庭，还设置咨议局，大有众人议政参政的新气象。张见盖尔来访，安排其参观独秀峰脚下新修的咨议局会堂，并巡游省府大院，也即今日桂林王城，并设宴招待盖尔一行，相谈甚欢。盖尔认为张思想活跃，是位开明官员。张后来升任两广总督，参与镇压黄花岗起义，当然那是后话。逗留数日后，盖尔离桂前往贵阳。

1912年，盖尔娶一位名叫康斯坦丝·爱默生的富家小姐为妻，这位爱默生小姐有点来头，是美国大文豪拉尔夫·爱默生的远亲，就是写《论自然》的那个爱默生。1925年，盖尔在意大利游历期间，不幸染上流感，病逝于水城威尼斯。丈夫的突然离去，沉重打击了康斯坦丝，她不懂摄影，望着丈夫留下的二十一箱图片资料，不知如何处理，只好锁在居所的阁楼上，那是一栋有三十间屋子的大宅。这一锁就是三十五年，1959年康斯坦丝去世，家族变卖房产时，把这些箱子也一同卖掉了，好在买家精通藏品，发现是历史照片，就一直存着，临终时交代后人，全部捐给多伊尔斯敦历史学会。

游吟诗歌的前世今生

鲍勃·迪伦(Bob Dylan,1941—)获诺贝尔文学奖后,引发关于他究竟是诗人还是歌手的争论。其实是什么并不重要,只要作品写得好就行,况且诗与歌之间并无鸿沟。授奖词里提到古罗马盲诗人荷马和希腊女诗人萨福,以此说明游吟诗歌历史久远,不过这个提法也太久远了,如同我们评论一位现代汉语诗人,去纠结白居易或柳永,未免有点牵强,而实际上只要稍微关注北美的现当代游吟诗人,就可以略知鲍勃·迪伦创作的来路与传承。

先说美国游吟诗人维切尔·林赛(Vachel Lindsay,1879—1931),林赛的诗都是用来唱的,他出身富有,不愁吃穿,只喜欢抱把吉他四处游走,在街边弹唱自己的人生理想,《西蒙·莱格利》《威廉·布思将军进入天堂》《亚伯拉罕·林肯在午夜散步》等都是他的代表作。他希望世间有爱,可他自己的情路却异常坎坷。

林赛爱上女诗人莎拉·蒂斯代尔,对方却没他这么勇敢,慑于社会压力嫁给了富商。这段爱情以双方先后自杀而告终。诗人之间的爱情,旁人看不懂。林赛对现代工业持批判态度,诗作《工厂的窗户总是破的》中,他这样唱道:"工厂的窗户总是破的/总有人扔砖石/总有人掷炉渣/玩弄蹩脚的莽汉诡计/工厂的窗户总是破的/其他的窗户平安无事/没人去朝教堂的窗龛/投掷仇恨和愤怒的石子/工厂的窗户总是破的/总有些什么不大对头/有些什么已经霉烂/窒息了窗户里的歌声。"

再说加拿大歌手莱昂纳德·科恩(Leonard Cohen,1934—2016),也是个游吟诗人。这个科恩不但写诗,还写小说,曾获加拿大文学最高奖总督奖,但他的名气主要在唱歌上,拿过格莱美音乐奖终身成就奖。1967年,科恩来到纽约切尔西饭店,深夜在电梯间遇见美国摇滚女歌手詹尼斯,两人一见钟情,但第二天就分手了。三年后,詹尼斯吸毒而死,年仅二十七岁,科恩闻讯情绪崩溃,写下了著名的《切尔西饭店》。

科恩在许多场合弹唱过这首歌:"一天夜晚凌晨三点/我在切尔西遇见一个女孩/那天的天气非常沉闷/我吃了一个奶酪汉堡/可心情还是不好/我想去找狄兰·托马斯/可他已经死了/我回到电梯/在电梯里遇到她/她要找的不是我/是克里斯多佛森/我要找的也不是她/是莉莉·马蕾娜/请原谅我说出这些/我后来才知道她是詹尼斯。"不同场合的演出,歌词会有所变换,怎样变换取决于他当时的心情,这里

维切尔·林赛

译的只是其中一个版本。

　　鲍勃·迪伦获诺贝尔奖,并不能改变他是个流行歌手的事实,在我的记忆中,他就是个"唱歌的",我相信他也乐意被人称为"唱歌的",唱自己创作的反叛歌、反战歌,也唱情歌和圣歌,而绝不会因为获了个奖,就摇身一变成为文坛巨擘。诗歌诗歌,诗本来就是拿来吟唱的,只能阅读不能吟唱的诗句,不会成为流行诗句。他也正是通过唱片和演唱会,把"一个男人要走多少路/才称得上是汉子/一只白鸽要飞越多少海/才能安歇于沙滩"这样的句子,唱进了千家万户。

冷峻卓别林

　　法国作家让·科克托(Jean Cocteau,1889—1963)有个梦想,有生之年做一次环球旅行。自从儒勒·凡尔纳的科幻小说《八十天环游地球》出版后,法国社会一直沉迷于各种冒险的幻想中,但一般老百姓财力有限,通常也就是在周边逛逛,真正出远门的还很少。科克托可不会满足于走走蓝色海岸,或者看看鲁西永的红土,他的眼光落到了遥远的东方,能去中国和日本看看,那是许多法国人一生的梦想。彼时民用飞机尚在研制中,出远门通常是坐海轮。

　　1936 年,科克托攒够了钱,带上好朋友吉尔出发了,他选择由意大利的布林迪西港上船,过马六甲海峡到达新加坡,在新加坡换了一艘日本商船,前往香港和上海。轮船在南海宽阔的海面上航行时,正值二月寒冬,科克托站在甲板上,吹着亚热带的凉风,心想总算来到远东了,不禁长舒了一口气。这个法国人乘船有个习惯,每次上船后都要翻翻乘客名单,看看有没有同行的熟人。

这次他照例翻看名单,翻着翻着赫然发现上面有查理·卓别林(Charlie Chaplin, 1889—1977)!对,就是那个大名鼎鼎的无声片演员卓别林!原来卓别林刚刚完成自己最得意的新片《摩登时代》,正前往上海参加首映式,同行的还有他的太太宝莲·高黛。宝莲在《摩登时代》里出演那个孤女,后来与卓别林离婚,嫁给了大作家雷马克,就是写《西线无战事》的那个德国人,雷马克去世后,她继承了丈夫的大笔遗产,成为有名的纽约富婆。

科克托生来爱热闹,一副古道热肠,见到卓别林的名字,马上来了兴致。虽说他与卓并不熟,但他科克托好歹也是位名人,几年前拍的先锋电影《诗人之血》也曾风靡一时,想来卓别林应该知道他的大名。他让侍者给卓别林递请帖,请他来包厢喝酒。卓经常遭遇各种玩笑,一开始并不在意,后来通过服务台查询,得知对方确实是科克托,于是带着宝莲,在约定的时间来到科克托的包厢,两位名人在南海的航船上见了一面。

根据科克托的描述,两个同样四十七岁的男人开怀畅饮,相谈甚欢,卓跟他讲述接下来的拍片计划,甚至讲到了许多拍摄细节,分手时依依不舍。不过这只是科克托的一面之词,卓别林的记述完全两样,卓写道,自己不懂法文,而科克托不懂英文,两人的交流完全依赖吉尔的笨拙翻译:"嗯,科克托先生……他说,你是一个……阳光……诗人,嗯,我呢,是一个……月亮……诗人。"

　　卓别林对科克托非但没有恋恋不舍,反而避之不及。与科克托的热情相反,卓性格冷峻,为人矜持,科后来又几次想约卓喝酒,卓都找理由推脱。接下来的航行日子,就显得很尴尬了,卓在船上的有限空间里,尽量回避科,科见状也开始不自在起来,甲板上凝固着阵阵寒意。就这样船到上海,两人始终没再搭话。如果科克托对卓别林多一点了解,或许会得到安慰,卓别林对托马斯·曼,还有爱因斯坦,采取的也是同样的态度。

愤怒的大龙虾

1926 年 9 月的一天,英国贵妇露丝太太,在法国蓝色海岸的沃克姆酒店为儿子弗朗西斯举办隆重的十七岁庆生宴。她为人低调,只请了一些英国好友,同时指定大作家科克托做主持嘉宾。科克托对自己的创作很苛刻,作品不算多,但人缘很好,是位社交场合的活跃人物,但凡有些什么喜庆活动,大伙儿都乐意请他来活跃气氛。他穿了一件黑礼服,坐在宴会厅中央,为显示自己的文学品位,身边放了一尊但丁的头像。

宾客们鱼贯而入,虽说请的都是体面人士,但毕竟是文艺圈聚会,客人五花八门,都挺有个性的,比如有个客人戴一顶花里胡哨的西班牙帽,左手拎一台当时时髦的留声机,右手提一只龟皮大喇叭,活脱一街头艺人,露丝太太皱了皱眉,还是让他进来了。后来有人牵头驴也想进来,她实在受不了,把那人那驴挡在门外。宴会快开始时,最要命的一幕出现了,弗朗西斯少爷头戴玫瑰花冠,手挽一个女子走进来,那女子竟然是伊莎朵拉·邓肯（Isadora Duncan，1877—1927）！

有邓肯赏光，按说是天大的荣耀呀，其实不然。晚年的邓肯很落魄，她那年已经四十九岁，身体发福不说，名声还不太好，按她自己的话说，"我已经不能跳舞了，只是驮着一堆赘肉在旋转"。与叶赛宁的恋情已成往事，她沉迷于酒色，看上谁，就主动去勾引。众人都知道萧伯纳有一传说，说他遇到一女子，希望跟他生孩子，女子说若那孩子拥有他的脑袋和她的身体，该多好，老萧回答如果是她的脑袋和他的身体呢？那就麻烦了。那位传说中的女子就是邓肯。

如今邓肯人到中年，注意力都放在年轻英俊的小伙子身上。她在尼斯住下来，每天赤着脚，披头散发身披粉色薄纱，穿过街区去海边寻觅小鲜肉，黄昏时带回家。这举动引发尼斯居民反感，街坊议论纷纷："瞧那个女布尔什维克，经常往家里带男人，还说是她的秘书，真不要脸！"一次邓肯刚进一家餐厅，就听一个美国女人对身旁的男人说："要是你敢喜欢那红衣婊子，我再也不进你家门！"邓肯看了一眼那女人，冷笑说，"你不觉得你一开口，这屋子就变臭了吗？"

不管怎么说，邓肯当时丑闻缠身，不太受公众欢迎，弗朗西斯少爷把她带来，还真有点惊世骇俗。宴会厅立刻一片寂静，连酒店外的窗户前，都站着好些看热闹的当地渔夫。邓肯身披一袭古希腊长袍，如同海上归来的女神，只是这女神太胖了，按科克托的描述，"她不但胖，还有点醉"，斜倚在

伊莎朵拉·邓肯

少爷身上。这时只见一位来客冲上前，嘴里喊着别碰那孩子！他还是个孩子！一把将邓肯推倒在地。这人叫威廉船长，是露丝太太的朋友。

邓肯从来不服输，她的舞蹈基本功还是在的，一跃而起，抓过一只沾满蛋黄酱的大龙虾朝对方掷去，但是不够精准，落在一位女宾的绿色裙裾上。女宾顿时火起，要冲上去拼命，科克托这时才想起自己的职责，赶紧上前挡住她的拳头。一场混战之后，大家各就各位，全都坐回自己的位置，开始无声享用红酒和大龙虾。只有威廉船长不见了，他后来被发现倒在阳台的血泊里，身边有一只碎裂的酒瓶。第二年秋天，邓肯因车祸去世。

窗台上的巨大身影

    1981 年 1 月的洛杉矶，天气十分寒冷，一位黑人青年忽然爬上威尔谢大道上的一栋九层大楼，站在一个高高的窗口前，声称自己不想活了，要跳楼自杀。这一幕引来不少嗜血观众，他们在大楼下面聚集围观，不停地朝那年轻人喊：跳呀，跳呀，有本事就跳呀！彼时距离越战结束不久，战争依然是美国人心头盘旋不去的阴霾，年轻人在窗口上大喊越共来了，越共来了！引来围观者阵阵哄笑。

    那青年愈加绝望，就在这时候，他看见旁边的窗口，探出一个巨大的身影，再仔细一看，竟然是阿里。对，正是拳王默罕默德·阿里（Muhammad Ali，1942—2016）！阿里自 20 世纪 60 年代夺得金腰带，虽历经挑战，但一直拥有拳王的最高荣誉，是当时全美家喻户晓的明星，也是所有黑人青年崇拜的偶像，他的每一场比赛，都是万人空巷的轰动事件。这个传奇人物如今忽然出现在身旁的窗口，那青年一时反应不过来。

年轻人愣了一下后脱口而出:"真的是你？"阿里说是我,别开枪!

青年说我根本没枪呀,咋开枪?阿里说哦,那就好,我们是兄弟,好好聊聊。

青年说有啥好聊的,我都二十岁了,没工作,父母骂我是废物,活着真没意思。

原来那天阿里刚好来威尔谢大道办点事,忽然听助手说外面有人要跳楼。他赶紧出来看,看见了黑人青年站在窗口上喊叫的那一幕,情急之下就赶来相劝。要知道当时阿里的身体状况非常糟糕,多年拳坛征战损伤了他的大脑,已经初显帕金森征兆,说话有些口吃,双手止不住发抖,可他坚持气喘吁吁爬上九楼,来到年轻人隔壁的房间。躲藏的警察提醒他那年轻人手里有枪,要他小心点。

拳王阿里上楼规劝自杀者的消息不胫而走,下面的围观者越来越多,大家都想看看阿里有什么招阻止那年轻人。阿里见年轻人没枪,这下放心了,对他说谁说你是废物,我来帮你!你是我兄弟,我一定会帮你,你要勇敢,要相信我。年轻人说我真的觉得活着没意思,没人理我,更没人爱我。说着说着,他忽然问,你为什么为我操心呢,你又不认识我?

阿里说因为你是我兄弟,我爱你,如果你跳下去,你就下了地狱。说着流下了眼泪。年轻人见状一惊,没想到世上还有人这么在乎他。事后阿里说,有人以为我流泪是作秀,真不是这样,我当时说着说着眼泪就出来了,我不会演戏。双方沉默一会儿,阿里说你把防火楼梯的门打开吧。青年听从阿里的吩咐,顺从地打开了房门。阿里走过去一把抱住对方。下面响起一片掌声。

接下来的事情就简单了,阿里送他去医院,陪他回了家,对他父母许诺要供他念书,帮他找到工作,等等,媒体一路相随,闪光灯没停过。不过后来留下来的最有名的照片,是年轻人站在窗台上,阿里在旁边的窗口探出巨大身子,朝年轻人挥拳鼓劲。那年阿里在拳坛上连遭败绩,先是在拉斯维加斯输给霍姆斯,年底在巴哈马输给伯比克,自此结束了他的拳击生涯。但是在那一年,他救了那年轻人一条命。

丰厚的版税去哪儿了？

都说经典名著是文学宝藏，这里除了指其无价的精神财富，也包含世俗意义上的有价价值，通俗地说就是值很多钱，比如《红楼梦》的印数不计其数，根本不知道印了多少册，如果按版税算，那是要以亿计的。按照通行的国际规矩，作家去世后五十年内，作品的版税归其指定的继承人，五十年后成为公版书，也即进入公共领域，可以不计酬使用，我们现在出版的许多经典名著，如《简·爱》《呼啸山庄》等，如果用英文出版，是不用给作家付酬的，出英文以外的译本，比如中文或法文，只给译者支付翻译稿酬。

那么五十年内的稿酬给谁呢，谁来继承呢？版税的归属跟书有关，似乎是件斯文事，其实也未必，因为牵涉到的是钱，而世上的事，只要跟钱有关，便生出故事无数。

侦探小说女王阿加莎·克里斯蒂（Agatha Christie，1890—1976），粉丝们都叫她阿婆，对自己的版权财富早有精心安排，她专门成立了一家著作权管理公司，管理其名下八十部小说（包括短篇作品）、十九个剧本和四十部电视剧的版权事宜，公司先由阿婆唯一的女儿罗莎琳掌管，后来又传给罗莎琳唯一的儿子马修。阿婆心细，甚至将继承权归到具体某个人，比如《窗帘》归罗莎琳，《捕鼠器》归马修，《睡梦凶杀》归后任丈夫，丰厚的利润全归家族所有，分文不给外人。

有的作家比较眷顾亲情，相比之下，有的作家就比较潇洒。伦敦市中心有家奥蒙德儿童医院，这医院建于1852年，首任院长韦斯特医生为筹建这家英国最早的儿童医院，可谓耗尽心血。当时经费不足，他想起了密友狄更斯，就把这事和盘托出，狄更斯素来同情伦敦流浪儿，听说要给孩子们专门开医院，立马慷慨解囊，成为第一批捐款人之一，从此这医院跟文学结下了缘。1929年，医院忽然接到一份意外的馈赠，数额究竟多少，一时还算不过来，全院的人都惊呆了。

当时伦敦剧院最受欢迎的保留剧目是《彼得·潘》，剧里那个不愿长大的小飞侠，为伦敦市民津津乐道，萧伯纳说这个剧目是"儿童的大餐，成年人的戏"。《彼得·潘》的作者是詹姆斯·巴里（James Matthew Barrie，1860—1937），该剧从1904年开始上演，每场演出都座无虚席，巴里作为版权所有者，自然也赚得盆满钵满。1929年，巴里六十九岁，身体不太好，他开始考虑《彼得·潘》的版税继承者。

巴里结过一次婚，那是他心中的痛。女方叫玛丽·安塞尔，是剧组里的女演员。作家娶女演员，通常都没好结果，他

詹姆斯·巴里

痴情得要命，可她跟别人好上了，要离婚。当时离婚可不光彩，朋友们知道巴里爱面子，纷纷跟伦敦各家报纸打招呼，不要刊载巴里离婚的事，大报都配合，只有几家八卦小报登了消息。晚年的巴里孤身一人，但身价年年攀升，于是他想到把《彼得·潘》捐出去，捐给谁呢，捐给了那家幸运的医院，医院也没辜负他的期望，如今已办成英国最好的儿童医院。这笔捐款一直持续到 1987 年，这年是巴里去世五十周年。

被诗遮蔽的小说家

世间有许多文艺大师,因为一项伟业过于辉煌,从而遮盖了其余才能的光华,比如丰子恺以漫画闻名天下,他同时也是顶尖的散文大家;纳博科夫的小说风靡世界,对蝴蝶学的研究也堪称一流;劳伦斯的《查特莱夫人的情人》谁人不知,小说家的盛名盖过了其诗名的风头;诗翁泰戈尔(Ra-bindranath Tagore,1861—1941)则与劳伦斯恰恰相反,诗歌的光环遮蔽了其小说的风采。

泰戈尔的小说主要讲述印度各阶层人士的悲怆与苦闷,最令人印象深刻的莫过于种姓差异,这是印度次大陆特有的社会现象,婆罗门、刹帝利、吠舍和首陀罗,婆罗门为贵族,首陀罗相当于奴隶,四个种姓互不通婚,谁敢通婚就是冒天下之大不韪,所生的后代沦为不可接触者,也就是贱民。1959 年印度立法规定不可歧视贱民,这种状况才有所改变。高种姓的特权和低种姓的屈辱,今日依然是印度社会的争议话题,明白这一点,便懂得为何进入 21 世纪,诸如童婚、烧死新娘、严禁寡妇再嫁等社会陋习，在印度依然存在。

　　除了种姓不同，印度宗教差异也非常鲜明。历史上印度一直是多宗教国家，被称为人类社会的宗教博物馆，除了信徒占多数的印度教，还有伊斯兰教和佛教，此外锡克教、基督教、琐罗亚斯德教、耆那教等也很盛行。信仰不一样，自然会引发冲突，可以想象一个种姓加教派的国度，会有多少清规戒律，导致多少悲欢离合。《沉船》讲述的是印度教青年罗梅西与梵社姑娘海敏丽妮的爱情故事，两人相爱却因信仰不一，遭到双方家族的反对，罗梅西被迫去远方结亲，归途中父亲、岳母等因沉船罹难，罗梅西救起一个姑娘，误以为是未曾谋面的新娘。

　　《纠缠》写的则是婆罗门阶层的故事，出身破落名门的美丽姑娘古姆迪妮，嫁给了专横的富翁默吐苏登，两人都性格倔强，可谓火星撞地球，古姆迪妮坚决拒绝成为默吐苏登的附属品，可家境的败落是姑娘的软肋，尽管她竭力反抗，与夫家不断缠斗，却最终因为娘家的沉重债务，不得不在丈夫面前低下高贵的头颅。经济地位决定妇女地位，小说描写了印度女性的最初觉醒，吸引了千百万家庭的注意力，具有强烈的先锋意义，发表后大受欢迎。

　　相对于长篇创作，泰戈尔的短篇更具艺术性，画面精美典雅，语言瑰丽如诗，被认为是仅次于其诗歌的杰作。他一共写了一百多个短篇，比较知名的有《河边的台阶》《喀布尔

泰戈尔

人》《摩哈摩耶》《素芭》和《饥饿的石头》等。泰翁用精巧的语言,将浓郁的诗情带入小说,描述了平实的日常生活,展现了印度人绚烂的民俗风情,同时也提升了民族文化的境界,为印度近代小说在世界文坛赢得了一席之地,也因此被誉为英语世界里最具诗意的小说家。

文学松竹梅

中国画追求的是意境，以梅兰竹菊为例，笔墨自然重要，但更要紧的是布局，大画家落笔看似轻松，但一笔一画都是有讲究的，往往以少而精取胜，我们见到的花草名画，一朵残梅，两片幽兰，三叶秋竹，最能体现画家的志向和苦心。

面对这样的画作，喜欢的喜欢得不得了，厅里挂一幅竹或梅明志，是常有的事。不喜欢的则觉得不过瘾，心想要是多几朵花，多几片叶，该多好。

花多的也有，比如花团锦簇的牡丹，千朵万朵盛开，迎面扑来，黄的炫目红的耀眼，但文人把这种画叫年画或农民画，以户县、杨柳青、桃花坞为代表，够喜庆够热闹，但不登文人的大雅之堂。

由此我想到了文学，文学与艺术是相通的，用花草品评世界各国的文学，虽未必准确精当，也很有趣，多少能看出不同文化的趋向性。

依我看最合兰草品性的当属法国文学，孤芳而不自赏，引来折腰者无数,法国作家从不理会别国作家怎么写,自己爱怎么写就怎么写,写出来就有喝彩,就这么任性而自信。波德莱尔、塞利纳、加缪,莫不如此。

英国作家含蓄而高冷,如同岁寒三友松竹梅里的梅,他们经常讲一些冷幽默,世界各地的读者冷是冷了,会心者寥寥,但英国人不在乎,听得懂是你的福气,听不懂走一边去,反正英语是大语种,总会有人去琢磨其中的奥妙,喜爱英语文学的人,遍布全世界。斯威夫特、萧伯纳、奥威尔,看似微笑的脸上,都暗藏讥讽。

美国作家跟兰、梅是不搭界的,那种层出不穷的旺盛劲,更像是杂树生花的桃、梨、杏,绚烂是够绚烂,但总也看不完,有时候看得眼花缭乱,觉得还不如守着一瓣蜡梅好,专注于体会其孤绝与冷香。海明威的十几部长篇,浓缩成一句话,就是"人可以被毁灭,但不可以被打败"。

西葡文学包含了"拉美文学爆炸",辉煌而诡异,如同大放异彩的菊花,说菊花大放异彩,是指焰火的效果,焰火五彩缤纷,貌似万花筒,但最适合表现的花卉唯有菊。博尔赫斯、马尔克斯和略萨,文风之怪异宛如南美波斯菊。

俄罗斯文学生命力顽强,自普希金始,经过阿赫玛托娃、帕斯捷尔纳克、索尔仁尼琴到如今,可谓如雪松般坚韧,有松枝的挺拔,也有松针的绵密犀利。俄国人的力量表现在对苦难的承受力,日子一旦变好,文学反而被削弱了。

德国人思维缜密，行事严谨，擅长哲学与音乐，文学不是日耳曼人的强项，很难用哪种花草比喻德语文学，想来想去觉得最符合其秉性的形象，应该是国画里的石头，就是陪衬兰草或松竹的那块石头。这石头沉静而有分量，看似不显眼，但不可缺少，是一种沉甸甸的分量，恰如托马斯·曼的《魔山》。

一般人以为日本文学灿若樱花，其实那种阴柔到极致的范儿，更接近荷花，在池塘里生长，满足于用芬芳填满自己的岛国空间，至于池塘外的景致，似乎无暇去顾及。世人认可的是谷崎润一郎、川端康成，偶尔出现一个三岛由纪夫，也如流星转瞬即逝。

岁寒三友里的竹，本来属于中国，中国文人淡功名，重气节，最欣赏竹的高风亮节，常以竹自喻高洁，以至于要深居竹林做贤人。当然这里说的文人是古代文人，如屈原、苏轼和辛弃疾。至于当代文学，已无竹的品格，更像是相互簇拥的木芙蓉。

阴柔与唯美的极致

　　印象中的日本女人，多半身穿和服，脚蹬木屐，在狭小的空间里碎步行走，一副温顺纤柔的样子，那是影像的记忆。至于文学的记忆，我的脑海会闪过紫式部、樋口一叶、与谢野晶子，她们的作品无声而有力地影响着日人的观念，日本文学透露出来的唯美与阴柔，正是这种影响的结果。如今的日本女人，在东方妇女中，应该是最具有现代品质的，勇气和见识，都令人印象深刻，在联合国和其他国际机构独当一面的日本女外交官，可以数出很多。

　　曾经在夏威夷的黄昏，见过几个日裔女学生，放学后在火奴鲁鲁街头等车，每人耳旁都戴了一朵兰花，光洁秀丽的脸庞，被夕阳点染成金色，那瞬间定格的美丽，如今想来，依然动人。20世纪早期的中国留日学生，是很钟情于日本女人的，郁达夫、郭沫若、周作人、蒋介石、戴季陶等，都有过日本情人，甚至夫人。苏曼殊本人，就是中日混血儿。

　　鲁迅逗留仙台期间，有过什么遭遇，不太清楚，后来据说对好几个日本女人都有好感,一是弟媳羽太信子,传说此事导致兄弟失和;二是内山完造的太太美喜子,鲁迅一生去过内山书店五百多次,常常在书店楼上,与美喜子单独倾谈;三是女诗人山本初枝,山本到上海时与鲁迅认识,回国后鸿雁传书数十封,并有诗歌唱和,这对于看上去不太浪漫的鲁迅,已属十分难得。

现在提这些陈年旧事,似乎是对鲁迅的不敬,我却不这么看,我们常常用衡量物的准则去衡量人,结果把人弄得跟僵尸一般。鲁迅是人,是人就有欲望,所谓发乎于情,止乎于礼,这本身就是一种力量。

日本女人也是很有力量的,如果要提到更具体的个人,我想举出两个日裔女子。

一是小野洋子,二是儿玉。小野洋子是约翰·列侬的老婆,据说1966年,列侬与她首次相遇,是在伦敦一个画展上,当时小野洋子也有作品参展,列侬先是喜欢上了作品,后来又喜欢上了作者。后人都把"甲壳虫"乐队的解体,归结为小野洋子的介入,但客观说来,列侬因为认识了她,音乐风格有了很大变化,由原来的追求行云流水,变得更快捷,更富于张力,同时给自己的作品注入了更接近现实的内容,列侬本人也因此成了一名反战分子。

1980年的12月8日,列侬在纽约遇上一位歌迷,这种事很平常,他像往常一样微笑着给他签名,可对方却朝他连开五枪,列侬当即身亡。凶手查普曼并没有逃离,他掏出一本小说读了起来,一边读,一边等待警察到来,那本小说名叫《麦田里的守望者》,是塞林格的代表作,美国叛逆青年的必读小说。列侬死后,小野洋子继续创作。列侬曾戏称她为"世界上最不为人知的知名艺术家",如今她依然是"世界上最不为人知的知名艺术家",大多数人只知道她是列侬夫人。

儿玉有儿玉的故事。1957年夏天,十二岁的玛丽亚·儿玉在布宜诺斯艾利斯碰上了一位诗人,他当即为她朗诵了一首诗,这位诗人就是博尔赫斯,当时他已经年过五十。三十多年后他们在瑞士结婚。博氏从来没到过亚洲,但对东方文化非常憧憬,曾经写过诗集《梦虎》,诗中的梦想,当然与儿玉有关。据说他60年代初就想好了好几首情诗,一直藏在心里,直到80年代才口授出来,让儿玉记录整理。下面是博尔赫斯写的一首爱情诗《迪丽娅》片段:

"我们在第十一街的拐角说再见。在另外一侧的人行道上,我回过头;你也回过头,朝我挥挥手。一条车辆和行人的河,在你我之间流动。那是一个普通下午的五点钟。我如何能知道,那条河就是冥河,暗淡而不可逾越的冥河?迪丽娅,有朝一日,你我还会继续这次无常的对话——在哪条河边?我们会在原野上一座湮灭的城市里,相互询问对方可是博尔赫斯和迪丽娅。"

太太在鳄梨里

　　以前读金斯堡的诗歌《加州超市》时，中国还没有超市，后来有了，我也很少去，迫不得已要进去买东西，也是直奔主题买了就走，因此我对超市一直很隔膜，对金斯堡的诗句"太太在鳄梨里，孩子在番茄中"觉得滑稽好笑。彼时不知道鳄梨就是牛油果，更无法想象太太怎么会掉进鳄梨堆。

　　平生第一次去超市，还真是在加州，是洛杉矶的一家超市。那天下午看过比弗利山庄，大家觉得还有时间，就提议去逛逛超市。美国本来就不缺地，西部更是土地广袤，洛杉矶在地震带上，喜欢盖宽大的平房，那家超市占地更是尤其宽大，门口可以容下几百辆私家车。我本来在超市外转悠，约好时间跟同伴们在门口会合，可是转悠一阵后，忽然想上厕所。

　　周围是巨大的停车场，停车场外的高速公路上车辆快速穿行，只有超市里面才有厕所。我只好就近从一个侧门进了超市。因为担心会迷失在超市里，我走几十米就会回头看看,希望能记住出去的门。在小镇巴斯托,为了买两双袜子,我就差点迷失在一座商场里。我穿行在摆满服装、鞋子和帽子的货架中,走了几百米也没看见厕所的标志。这时前面出现了一个咨询台,一位金发女子坐在里面。我上去问她toilet(厕所)在哪儿。

"Toilet?"她抬头看了我一眼,"你不是美国人吧,我们不用这个词的。你是问男厕所吗？"

我说当然啦,难道你看我像女的？

她笑笑,说性别有时是看不出来的,尤其是在洛杉矶。两边方向都有。她用铅笔点了点。

我谢过她,按她指引的方向穿过许多罐头货架。我不知道那些罐头里是什么食品,也许里面有鳄梨,也有番茄。我看见许多妈妈带着孩子行走在货架间,每人都推着购货车,车上装满了货物,有大罐的饮料,也有大筒的手纸,于是明白为什么金斯堡要说"太太在鳄梨里,孩子在番茄中"。

我走了一两百米,还是没有看见任何厕所的标志。我甚至走进了一座庞大的库房,里面有吊车、货车和集装箱,但没有厕所。等到从库房出来,我已经认不出方向了,所有的人都快活地奔向自己的目标,只有我陷入茫然,不知道厕所在哪儿,也不知道出口在哪儿。我又走过许多时装店、眼镜店和咖啡店,眼前全是晃动的商品。"在闪亮的货架间走进走出,想象被店家雇佣的侦探尾随。"我想起金斯堡这样说。

旁边果然有两个黑人保安,一高一矮,正在说着什么有趣的事,咧着嘴在笑。

我只好上去询问,没想到这次麻烦更大了。

我问 toilet 在哪儿,他俩面面相觑,听不懂。

我改而问 washroom,不懂,问 watercloset,也不懂。

我最后只好说 WC。如果连这个也不懂,我就没办法了。

这个词在中国,连小孩子都知道,可是洛杉矶人真的不知道。

高个的保安不断问我什么?什么?又不停摇头。

眼见语言沟通已经无望,我就做了个洗手的姿势,这一招还很管用,矮个保安明白了,朝我指了指更前面的方向,说先朝左,再朝右,等等。我刚走了几步,就听他喊我,原来他还不放心,要带我去,真够热心的。在他的带领下,我果然闻到了劣质香水的味道,并且看见了门上的标记。

原来人家把商店里的厕所叫作 restroom,相比之下 toilet 要更私人化一些,是自家用的,怎么可能给别人用呢。我很快在 restroom 解决掉问题,又开始找超市的出口。等到我走出超市时,天已经暗下来了,同伴们都在灯光下翘首以待。

金银岛

多萝西是土生土长的旧金山华人，姓周，起了个英文名。那天我们约在城市之光书店见面，参观过书店上下两层后，她陪我一同穿过旧金山唐人街，走上好几段陡峭的斜坡，来到朴茨茅斯中心公园。她说这里是旧金山的制高点，这座城市最初就是由这里向四面拓展建成的，从这里还可以眺望海湾对面的伯克利。

那就是加州大学伯克利分校，她指着波涛尽头一片白色的建筑群说。那所大学一向以左翼叛逆著称，是全美最活跃的大学之一。

这里的地势确实比较高，当年的美国白人由东向西扩张时，就曾把星条旗象征性地插在这块高地上，表示由西班牙人手中，接管了圣弗兰西斯科（旧金山）。看过当年插星条旗的纪念碑后，继续往南走，又见到另一块碑。多萝西随口说了一句：那是一位作家的墓。

作家？我心想这世上二三流的作家可真多，也不知是

288

谁,死后居然想到埋在这块风水宝地上。谁呀? 我也随口问了一句。

她说好像是个苏格兰人,叫史蒂文森。我大惊,忙问是罗伯特·史蒂文森(Robert Louis Stevenson,1850—1894)吗?

她说对呀,你知道? 我说怎能不知道,不就是写《金银岛》的那个史蒂文森吗?

她说是的,不过我更喜欢他写的《化身博士》。

我凑过去看,那是一块孤单的墓碑,上面果然写着罗伯特·路易斯·史蒂文森!

这就怪了,在我的印象中,史蒂文森跟高庚还有写《月亮与六便士》的毛姆一样,长年生活在南太平洋的岛屿上,与当地的波利尼西亚人情同手足,后来死在那里,埋在那里,这里怎么也会有他的墓碑?

多萝西见我一脸茫然,又说:你昨天不是去过渔人码头吗? 我说是的。

见到码头对面有个小岛吗? 我说是的,见到了。

导游怎么跟你介绍的呢?

导游说岛上有个监狱,里面关过许多江洋大盗,所以叫强盗岛。

还说了别的吗?

说曾经有监狱里的强盗想泅海越狱,结果要么淹死,要么找不到下落,估计也是淹死了。从未有人活着逃出来。

罗伯特·史蒂文森

还说了别的吗？我摇摇头。

她也摇摇头说,哎,什么导游,连这么重要的史实都不说。

她自己就是本地导游,有资格这样说。

原来那座小岛与史蒂文森有着奇妙的关系。

史氏体弱多病,从小怕冷,为了躲避家乡苏格兰的严寒,曾与美国女子范妮相约,来温暖的加州住过一段时间。那时候的旧金山,尚处于拓荒初期,没有如今这么多林立的摩天高楼,史氏租住的是高地的居所,从居所的窗口,可以望见旧金山湾的整片景致,望见那座小岛。正是海中的那个小岛,触发了他的灵感,写出了流传后世的《金银岛》。

史氏死后,旧金山人为了纪念这段历史,在可以望见小岛的这块高地上,修建了这座史氏的纪念碑。原来渔人码头对面的那个岛,就是史蒂文森心中的金银岛。

风中小妇人

多萝西当年作为外教，来本地电子工业学院教英语，是有一点争议的，因为她长着一张华人的脸。可她确实是个美国人，只会说英文，有限的几句中文，还是我教会她的。到旧金山后，我跟她约定在城市之光书店见面，那书店开在唐人街旁的哥伦布路上，由垮掉派诗人弗伦盖蒂做老板，在当地有一定名气。她笑吟吟的，从书店背后的一条小街走出来，步履已不如以前敏捷，在长人如林的路人中，个头显得分外小。旧金山坡多，我们上上下下好几次，来到她居住的老年公寓，电梯空间非常小，是我见过的最狭窄的电梯，进两三个人就塞满了，估计是栋老宅子。"这是专门为低保老人开设的自助公寓。"她说。

从窗口望出去，可以看见一大片华人区，眼前是华人历史博物馆和缆车博物馆。"全世界最大的唐人街就在这里了，要想知道里面的故事，可以读读它。"她递给我一本红封面的小说，我一看是林露德的《千金》。这本书我有印象，因为改编成了电影，20世纪90年代中期热过一阵，作者还写过《插图本美国华人史》，功课是做得比较足的。多萝西说林露德就出生在这片街区，后来搬走了，有新作还会回这里朗读，她去听过。"她写的就是这里的事，当然得首先念给这里的人听。"她说。

华裔文学是美国文学的一部分，近些年风头很健，除了原来的文化寻根主题，更加入了对华人个人命运的思考。林露德是位混血儿，在香港受的教育，她用简洁的语言，讲述了1872年，一个起先名叫拉璐，后来改名波莉的华人女子的故事。中文里"千金"有富家小姐的意思，这个被称作"千金"的女孩子，还真被卖了千金，以两千五百美金成交卖到了旧金山。金山上的千金，那该是宠了又宠吧，事实不是这样的，波莉的遭遇堪称艰苦卓绝。小说的原型是19世纪末移居爱达荷县的一名华人妇女，圣格鲁德博物馆里有其事迹的记载。这是一个老故事，但依然能吸引新读者。

多萝西领我在街区里行走，告诉我这里是五洲致公总堂，孙中山来过；那里是华人浸信会，用大地震后捡出的渣砖盖起来的；那座医院是她的出生地，那幢楼属于收养她的一对白人老夫妇，有一处灰建筑则是她前夫的房产等等，说如数家珍丝毫不为过。她特意提到一座叫卡梅隆之家的旧宅，说这是五十多年前专门用来救援华人妓女的地方。卡梅隆是个新西兰传教士，没去成中国，在这里度过了一生。"要不是受益于她的援救,我可能沦落成一个小混混了。"她笑笑说。她执意要送我一程。我们乘有轨缆车风驰电掣地冲进了暮色,几个年轻人挂在缆车边快乐挥手。等我转乘机场班车朝她扬手告别时,忽然觉得在寒风中伫立的那个小妇人,就是林露德笔下的波莉。

黑暗蝴蝶

蝴蝶是美丽的,我在泰国清迈的蝴蝶馆见过各色蝴蝶,红蝶、粉蝶甚至蓝蝶。蝴蝶经常出现在文学作品中,承载着作家赋予的各种象征意味。比如有一种蝶叫赤蛱蝶,具有很分明的花纹,英文中有荡妇的意思,暗合汉语中狂蜂浪蝶的比喻。作家中最知名的蝴蝶迷当数纳博科夫,前文提到过。至于电影《蝴蝶梦》,是译者取的影名,跟蝴蝶倒是没什么关系,原著并不叫这个名字,与许多英文小说一样,用的是书中主人公的名字,叫《丽贝卡》。

这里要介绍一本长篇小说《收藏家》,这是我刚入行出版社时,在刘硕良先生手下看的第一部校样。小说写的是一位蝴蝶收藏者的故事,当时印象很深刻,以至于常把它与纳博科夫相联系,后来为了查看相关材料,我翻遍了纳博科夫的小说,也没能找到它。纳氏确实也写了本小说《奥勒留》,主人公热爱收藏蝴蝶,但不是我记忆中的那本。我怀疑自己的记忆是不是出错了,结果还真的出错了,后来查证作者不是纳博科夫——谁让他那么爱蝴蝶呢。

作者是英国作家约翰·福尔斯（John Robert Fowles，1926—2005）。说约翰·福尔斯，大家不一定熟悉，说《法国中尉的女人》，就比较出名了，这部小说由英国剧作家哈罗德·品特改编成电影，好莱坞名角梅丽尔·斯特里普主演，一度风靡全球，品特后来获 2005 年诺贝尔文学奖，那年也是约翰·福尔斯逝世的年份。

不过当年让约翰·福尔斯一举成名的，还真不是《法国中尉的女人》，而是这部《收藏家》。1963 年的某一天，在大学任教的福尔斯忽发奇想，花四个礼拜一口气写了部小说取名《收藏家》，讲述一个小职员买彩票中巨奖后，决心按自己的意愿生活，收藏世界各地的漂亮蝴蝶，燕尾蝶、豹纹蝶、红斑心侠蝶、异型紫斑蝶，全都收入囊中，实现自己儿时的梦想。

小说交出版商出版，没想到大受欢迎，销售量节节攀升，福尔斯如同小说主人公中奖一样，日进斗金赚得盆满钵满。自己居然还有这方面的才能，这让他有些意外，他决定改行赌一把，辞去教职回家专业写小说，这一把还赌对了，后来写出更卖座的《法国中尉的女人》和《巫术师》，一生靠版税活得很滋润。

如果只是一个蝴蝶收藏者的故事，那就平庸了，不可能名列畅销书榜首，关键是这个蝴蝶收藏者，并不只是一个蝴蝶收藏者，一次他在公交车上遇见一位漂亮少女米兰达，把她想象成一只最美丽的花蝴蝶,纳入了自己的收藏计划中。可怕的故事这才刚刚开始,他开始跟踪她,在一个雨夜开车绑架了她,将她一直囚禁到死。如果只是这样写,也没有新意,这个富有的男人,绑架她是为了近距离欣赏她的美,犹如将美丽的蝴蝶收藏于笼中。她一直到死都是完整的,这样的占有是不是更惊悚?

蝴蝶在黑暗的笼子里是不可能生存的,少女也一样,只会在囚禁中枯萎死亡。世上的蝴蝶有千千万,每天都在振翅飞翔,并不是每只蝴蝶的翅膀都能产生蝴蝶效应,但有一种蝴蝶不一样,那就是亚马逊河边的蝴蝶,那种蝴蝶的翅膀一旦扇开,功力会穿透千山万水,将诗与远方击得粉碎。米兰达之死向世界展示了人性黑暗的一面,这种黑暗是永恒的,说教不能改变,钱也不能。

芳踪

　　这世上我只留意两类人,睿智的先生和漂亮的女士,可能有女士会截住这话头问,那睿智的女士呢?好吧,如果你足够睿智,我也会留意,不过看看睿智先生们脸上沧桑的褶子,估计你会望而却步,若是你依然不依不饶追求睿智,那么好吧,我会把你归为睿智的先生,比如杨绛,比如扬之水。

　　旧金山北滩意大利区,有一座罗马天主教堂,旧译圣伯多禄圣保禄教堂,因为靠近唐人街,里面提供粤语服务,可以用粤语做祈祷。该教堂两座塔身双峰并列,很容易辨识。一个阳光灿烂的五月午后,我坐在面朝教堂的长椅一端,另一端是一位年迈的黑人,他没有搭理我的意思,眯缝起眼睛注视着教堂,沉浸在自己的遐思中。我有我的想象,黑人想什么我不知道,我想到的是梦露,那张温情而曼妙的脸。

　　1954年梦露与乔·迪马乔结婚,两人都是二婚,来这座教堂门口拍婚纱照。原先是计划在教堂内举办婚礼的,可依天主教的严厉教规,乔虽已离婚,但尚未宣布原婚姻无效,因此不得入内举行仪式。梦露倒也不计较，与新郎一道站在这座教堂的台阶上，拍下了一组花容灿烂的照片。

婚后两人前往韩国劳军，大兵们对梦露的痴迷，让身为全美棒球王的乔大受刺激，乔习惯于被人喝彩欢呼，可现在居然成了太太的陪衬，于是埋下了离婚的伏笔。乔是很单纯的，在大兵成堆的地方，漂亮女人当然更受欢迎，他应该骄傲才是，可他吃醋了。这个棒球手蛮痴情的，离婚后绝口不谈梦露，梦露死后二十多年，他每周为她的墓碑献上红玫瑰。梦露身边有男人无数，年年给她送花的只有乔。

纽约的南街码头，距离唐人街也不远，原先可以坐船前往自由女神像。一天清晨我早早由酒店出发，穿过巴特利公园到斯塔腾码头，再沿东河走到南街码头，远远看见一艘商船的模型，居然叫北京号。这时天色已亮，我坐在面朝东河的长椅一端，另一端坐着一个年轻女子，她端着早餐在吃，在想自己的心事。

我望着前面的布鲁克林大桥，想到的还是梦露。梦露喜欢南街码头，这儿视野开阔、鸥鸟成群，她喜欢来这儿喂海鸥。离开乔后，她爱上了剧作家阿瑟·米勒，米勒的涵养和学识，带给她的欢愉是乔不能给予的，彼时她与米勒的恋情还未公开，但已饱受狗仔队追踪之苦，卡波特当时主持电台访谈，想约她聊聊米勒的事，但她守口如瓶，一点风声也不透露。

卡波特约梦露来到南街码头,看见一个散步的男人,那人牵着一只狗。"梦露拍了拍狗的脑袋。男人说你不该去碰陌生的狗,弄不好会咬你的。她笑笑说狗从来不咬我,只有人咬,这狗叫什么?男人说叫傅满洲。梦露哈哈大笑,这是好莱坞电影里一个反派的名字。男人问你呢?她说我吗?玛丽莲·梦露。男人说跟我猜想的一样。"

　　上面这段话译自卡波特的非虚构小说集《给变色龙听的音乐》。半年后梦露与米勒结婚,以布鲁克林大桥为背景,拍下了那张著名的夫妻合影,梦露依偎在米勒胸前,脸上充满了甜蜜的笑容。不过红颜注定是薄命的,这段婚姻维持了五年,再度离婚后一年多,这个妖娆女人在孤单中去世。

小巷里的安吉丽娜·朱莉

要想在墨西哥城弄清楚方位,几乎不可能。那天当地导游领我们左钻右拐,来到老城一条小巷子,两边都是低矮的房子,墙上的五彩鹅卵石,在阳光下熠熠闪亮。如果不是导游领路,不可能找到这地儿。小巷里全是银铺,除了陈列银器的橱窗和玻璃柜,还有手工打造银具的工作台,有一些工人正在台面上细心镌刻各种银饰品。

见我们到来,一群墨西哥姑娘迎上来,嘴里叽叽喳喳的,说的是西班牙语。我只懂一句格拉西亚(谢谢),这时也用不上,见状便走开了,站在门口看柜台里那些银色的项圈和手链,其他人则跟着导游往店铺深处走去。这时一个姑娘上来,用英语跟我打招呼,当然是那种口音很重的英语,不过还能听懂。

她说这家店的银器很好的,在本地很有名。我对购物没兴趣,只是哦了一声。她见我没反应,又说连某某某都来这里选购,我依旧反应冷淡。她显然有点失望,准备离开了。我有些歉疚，问你刚刚说谁，谁来这里选购？她说安吉丽娜·朱莉，你知道安吉丽娜·朱莉吗？说着看了我一眼，眼神很狐疑，显然不相信这个遥远东方的男人，会知道安吉丽娜·朱莉是谁。

说实话我不怎么看电影，换了别的影星，我确实不知道，可是这个安吉丽娜·朱莉，我还真记住了，那是因为她为防癌切除双乳的消息，让我印象深刻。我说知道啊，好莱坞女影星。女店员的眼睛一下子亮了，冲着同伴说了句什么，大概是这人居然知道安吉丽娜·朱莉！

她从柜台里拿出一本小册子，翻开给我看，说你看，这是安吉丽娜·朱莉在我们这家店购物的照片！还有这张，这是她买的银盘，胸针也是！我有点不相信，仔细看看还真是那个厚嘴唇女人，站在我站的这个位置，脸上露出习惯的微笑。

原来安吉丽娜·朱莉因为生养孩子，中间曾息影两年，2010年复出，拍摄了一部动作悬疑片《绍特》（也译作《特工绍特》），当年7月为推广新片来到墨西哥城，其间来过这家银器店。我说《古墓丽影》好看。气氛一下变得很活跃，旁边几个姑娘纷纷说出另外的片名，不过我都没看过。

我说安吉丽娜·朱莉还导演过一部电影，叫《坚不可摧》，看过吗？姑娘们纷纷摇头。我问听说过二战期间，日本侵略亚洲各国吗？她们显得很茫然。我说这部电影讲述的是真人真事，一个美国田径壮小伙战争期间加入空军，飞机坠

302

海后被日军俘获,受尽折磨始终不屈服的故事,建议你们找来看看,看看日本人当年有多坏,安吉丽娜·朱莉执导的哦。

姑娘们问我电影的英文名怎么写,我把 *Unbroken* 拼给她们听,有姑娘说嗯,好像是有这样一部片子。就这样,借助安吉丽娜·朱莉,我在这条小巷里,与墨西哥人建立了短暂的友情,我买了条手链包好,然后说格拉西亚。她们则陪我上车,摇手相送依依不舍。

新闻体,新文体

琼·迪迪翁(Joan Didion,1934—2021)居然出现在 2019年的诺贝尔文学奖候选人名单上,让我有些小小的意外。迪迪翁不是老翁,是个老太太,把一个老太太的名字译作翁,实在是有些别扭。我的母亲早年就职于部队医院,她说当年同事中有一些日本人,由关东军接收而来,那些日本人的汉语说得很溜,几乎与中国人无异,但有时也会露馅,比如把老太太叫作女老头。迪迪翁就相当于女老头,不过译界恪守约定俗成,迪迪翁就迪迪翁吧。

我注意迪迪翁多年了,说实话谈不上太欣赏,或许是出身记者的缘故,她的文字比较写实,缺少文青们喜欢的曼妙,如果一定要做类比,更接近于 2015 年获奖的白俄罗斯女作家斯韦特兰娜·阿列克西耶维奇,或者非虚构小说鼻祖杜鲁门·卡波特创造的文体,被评论界归为新新闻主义(New Journalism)代表作家之一。

2013 年我曾经写下这样一段文字:"连获诺奖的作家都

有可能平庸,当下如日中天,又如何能确保日后史册留名?迪迪翁是卡波特的热烈拥趸,写了大量非虚构小说,在全美拥有众多粉丝,是一个靠版税过富足日子的女作家,可是就像美国人未必都是美人一样,畅销书作家未必是大作家。"

"迪迪翁会成为文学大师吗? 或者反过来问,她会被历史遗忘吗,会被汹涌的文学巨浪推上滩头,变成一具死不瞑目的鱼干吗?不知道。迪迪翁写过不少悬疑小说,她的文学命运就像她的小说一样充满悬疑。"这是我六年前的疑问,而今这个美国女作家,虽然未获诺奖,但赢得诺奖提名并位列前茅,已经是一项很高的荣耀。

迪迪翁年轻时很漂亮,有那种所谓的知性美,一张冷峻的脸,右手握笔左手拿烟。我最先是被她的玉照吸引,才开始关注她的,这样说有些浅薄,但确实也是事实,人家长得天姿国色,我却不瞅一眼,这样更不合情理。女人漂亮不是罪过,上天的恩赐她当然可以照单全收,好在她并未陶醉于这点虚荣,在与男人周旋的同时增长智慧,结果发现上天赐予她的除了颜值,还有文学的天分。美貌加才华,这组合太奢华。

迪迪翁在西海岸的加州长大,这里社会宽松,最容易滋长散漫的个性。她从小爱写作,曾将海明威小说的句子当作范文妙句抄在笔记簿上,在伯克利年念完大学后,像西尔维娅·普拉斯一样,她也进杂志做上了编辑。在嬉皮士运动如火如荼的年代,她专程前往旧金山,为报纸做采访,收集的材料如此之多,一时不知该如何剪裁,转念一想为何不写小说呢,这一转念就是一生,写了十五部小说和电视电影剧本,代表作有《白色影集》《如此好友》《七月二十日杀死我》等。

欧美作家通常不会蜷缩在文学的象牙塔里,总要对各种社会问题发声,迪迪翁也不例外,她撰写了大量随笔,思想新颖而深邃,是其文学财富的重要组成部分,漫漫岁月带走了她的青春容颜和丈夫孩子,但这个孤老太太并不慌乱,前些年在沉静中写下回忆录《蓝色夜》,文笔自在从容,深受读书界好评,被公认为其最好的作品之一。新新闻主义之父汤姆·沃尔夫2018年去世,迪迪翁也于2021年底去世。

新新闻主义也是一种文学风格,深得新一代读者的青睐,我们受够了现实主义文学的烦琐描写,看腻了现代主义作家的杂耍技巧,总想得到新鲜的阅读体验,这时候如果有谁脱颖而出,创造出崭新的叙述语言,是很容易一举成名的。迪迪翁拿过几乎所有的美国文学大奖,就缺诺贝尔奖。新新闻主义的写作是有新意的,但是不是新到足以征服未来的诺奖评委,我们不妨拭目以待。